京都くれなゐ荘奇譚（四）

呪いは朱夏に恋う

白川紺子

文芸文庫

○本表紙デザイン＋ロゴ＝川上成夫

目次

凪 高良

高校生の姿をしている蠱師だが、実は古代中国の時代から転生を繰り返す「千年蠱」。澪に「呪いを解きたいなら、俺を殺せ」と迫る。邪霊を食べて生きており、京都の北東・八瀬の屋敷に住む。職神は、虎の於菟と烏の夜尺斯。

和邇波鳥

「千年蠱」の支援者である蠱師一族の娘で巫女。澪の護衛を務めるため、転校してくる。

日下部出流

漣の大学の同級生。「千年蠱」を倒そうとしてきた一族。職神は、白鷺。

和邇青海

波鳥の兄で、高良の世話係。

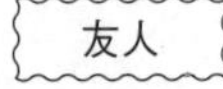

小倉茉奈

澪の高校の友人。

イラスト：げみ

～澪と高良をめぐる人々～

「くれなゐ荘」の住人と蠱師たち

麻績 澪（おみ みお）

長野の蠱師（まじないし）の一族で、京都の高校に通う巫女（みこ）。「千年蠱（せんねんこ）」の呪いにより、「二十歳まで生きられない」と言われて育つ。窮地に陥った澪を助けてくれる相棒は、職神（しきがみ）（精霊）の白い狼・雪丸と狸の照手（てるて）。

麻績 漣（おみ れん）

澪より2歳年上の兄。澪を守るために京都の大学に進学し、「くれなゐ荘」の住人になる。蠱師としては、まだ半人前。職神は、朧（おぼろ）と颪（おろし）という狼。

麻生田八尋（おうだ やひろ）

三重県出身の蠱師。澪の師匠で民俗学者。職神は、松風と村雨（むらさめ）という白狐。

忌部朝次郎（いんべ あさじろう）

京都の一乗寺で蠱師の下宿屋「くれなゐ荘」を営む元蠱師。

忌部玉青（いんべ たまお）

朝次郎の妻。「くれなゐ荘」を取り切る料理上手。

京都くれなゐ荘奇譚(四)——呪いは朱夏(しゅか)に恋う

章扉デザイン……こやまたかこ
章扉イラスト……げ　み

みたまのやしろ

「お誕生日おめでとう」

そう言葉をかけられて、澪は固まった。目の前には屈託のない笑顔を浮かべた友人の茉奈がいる。茉奈はにこにことして、「誕生日当日は会えへんから、いま言うとこと思て」と言った。

「あ……ああ、茉奈ちゃん、そのころ北海道旅行だっけ？」

「そうそう。おみやげにチョコ買うてくるわ」

夏休みがはじまる前日、終業式の日である。

澪の誕生日は八月三日で、夏休みまっただなかのため、学校の友人に祝ってもらったためしがない。誕生日会を開いたこともない。友人たちは家族旅行やレジャーで不在の場合が多かったし、体調を崩しがちな澪が当日寝込まずにいる保証もなかったからだ。毎年家族だけでバースデーケーキを食べるくらいだった。いつもその日は家のなかがふだんよりもいっそう静かで、どこか空気は重く、薄暗かった。澪の誕生日は祝われると同時に、呪われた忌み日でもあった。

——おまえは二十歳まで生きられないよ。

嘲りを含む耳障りな邪霊の声が、いっそう深く胸に突き刺さる日だった。

二十歳まで生きられない。それは千年以上前から澪にかけられた呪いだった。

澪はもうすぐ、十七歳になる。


じっとりと蒸し暑い。照りつける陽光もさることながら、湿度の高さに閉口する。湿った熱気が肌にはりつき、息苦しいほどだ。

冷房の効いた車から降りた途端、澪の額から、うなじから、汗が噴き出した。

「あっつい……」

うめくように声を洩らすと、運転席から降りながら八尋が笑った。

「溶けそうな声やな。京都の夏はなあ、僕もまだ慣れへんわ」

八尋の声は呑気である。暑い暑いと彼は毎日ぼやいているが、その実、さほど体にこたえているようには見受けられず、飄々としている。やたら縦に長い体を包む麻のシャツもコットンパンツも涼しげだった。

彼、麻生田八尋は澪の師匠である。三重の麻生田家のひとで、澪の生家である長野の麻績家とは親戚だという。麻生田家も麻績家も蠱師――邪霊を祓うことを生業とする一族だった。

夏休みに入り、澪は八尋の仕事の手伝いに励んでいる。この日訪れたのは亀岡市の東側、丹波地方のなかでも京都市に近い口丹波と呼ばれる地域である。亀岡盆地を流れる大堰川と東にある山々に挟まれた、睦原という村だった。

山の緑は濃く、周囲一帯に広がる稲田も美しい。しかし暑い。ただ立っているだけで汗が噴き出て、首筋を流れ落ちてゆく。澪は長い黒髪をうしろでひとつに結び、白いTシャツに黒のチノパンという出で立ちである。日よけのために持ってきたキャップで顔をあおぐが、生ぬるい風が起こるだけだ。あきらめてキャップをかぶった。

目の前には一軒の屋敷がある。古い木造二階建ての、大きな屋敷だ。屋敷を囲む塀や生け垣のたぐいはなく、どこまでがこの家の敷地なのかよくわからない。背後には森があり、屋敷とのあいだにはこれまた古い土蔵があるようだった。脇に戸のない納屋があり、錆びて古ぼけた農具が乱雑に放置されていた。屋敷はしんとして、ひとの住んでいる気配がしない。しかし雨戸はすべて開いていたし、玄関の引き戸も開けっぱなしだ。八尋がその玄関を覗き込むようにして、「ごめんください」と声をかけた。返ってくる声はなく、ひとが出てくる様子もない。物音ひとつしていない。

「玄関は開いとるんやから、まだあちらさんが来てない、てことはないと思うんやけど……」

八尋が頭をかきながら首をかしげる。澪は三和土を指さした。

「靴がないですよ。どこかへ出かけてるんじゃないですか。車もありませんし」

「玄関開けっぱなしで？」

ここには、さきに依頼人が着いているはずだった。電話でそう確認している。ふだんこの屋敷には誰も住んでおらず、お祓いのために依頼人が鍵を開けに来るという約束だった。

澪は玄関にある表札を見あげる。木目が美しい分厚い木の板に墨書きの立派な表札である。『五百森』。依頼人はこの家で死んだ老人の孫だという。

車のエンジン音が近づいてきて、澪はふり返った。一台の車が敷地に入ってくるところだった。とまった車から、眼鏡をかけた中年男性があたふたとした様子で降りて、駆けよってくる。四十代くらいだろうか、青白い顔をした、目の細い男性だった。緑色のポロシャツにジーンズという服装で、タオルでしきりに首筋の汗を拭いている。

「お……麻生田さんですか」

男性は澪たちの数歩手前で足をとめた。それ以上近づけないかのように。

「そうですが」と八尋が答えると、男性はあきらかに安堵した顔で息を吐き、その場にしゃがみ込んでしまった。

「ああ、よかった。ひとりじゃ怖くて。家を飛び出して、コンビニの駐車場で約束の時間になるまで待ってたんです」

声が震えている。しゃべるあいだもひっきりなしにタオルで汗を拭いていた。

「あっ、私はお祓いをお願いした五百森です。すみません、あの、気が動転してまして」

男性——五百森の話は要領を得ない。

「なにかありましたか」

八尋は問いかけ、家のほうにちらりと目を向ける。

「お話しでは、家に幽霊が出るということでしたね」

五百森は何度もうなずく。

「それ。それです、それが、祖父の幽霊が――」

　青ざめた顔で、五百森はタオルを握りしめた。


『父方の実家に、死んだ祖父の幽霊が出るようなのでお祓いをしてほしい』

　五百森からの依頼は、こうだった。

　彼の父は大学進学を機に実家を離れて上京し、そのまま関東で就職した。結婚後もめったに帰省せず、とくに盆休みに実家を訪れることを嫌ったという。だから五百森は父方の祖父母とは数えるほどしか会った記憶がない。

　父いわく、あの家は空気が淀んで息苦しい、どれだけ窓を開け放っても変わらない。じめっとして昼間でも妙に暗い。実家を離れてひとり暮らしをしてみて、そのことに気づいた、という。都会のワンルームは狭くて不便ではあったが、実家にはない明るさと息のしやすさがあった。頭を押さえつけられているような重たさも感じない。自然、帰りたくなくなった。『ひとり息子なんだから由緒あるこの家を継ぐべき』という祖父母の考え方にも反発を覚えていたが、やはりいちばんはあの家の陰気さが恐ろしかった。

五百森自身、その陰気さというのは、子供心になんとなく感じとっていた。たまに訪れる祖父母の家は、住み慣れた家とは違い、薄暗く、ひんやりとしていた。だが、田舎(いなか)の古くて大きな家というのはそういうものなのだろう、と思っていた。

祖母が死んで十年ほどして、祖父は死んだ。風邪(かぜ)だと思って寝ていたら悪化して肺炎を引き起こし、契約していたデイサービスの介護職員が訪れたときには息絶えていた。

父同様、祖父にもきょうだいはおらず、親しい友人はすでに鬼籍(きせき)の人だったので、葬式は葬儀会館でこぢんまりとした家族葬を選んだ。意外にも近所付き合いはしていたのか、知らせてもいないのに村内の老人が多く弔問(ちょうもん)に訪れて、父は困惑(こんわく)していた。村内の誰それが死んだという情報は、すぐさま共有されるらしい。

その後、父が困ったのは、実家の処理である。生家ながら愛着はなく、むしろ忌避(きひ)していた家である。当然住みたくはないし、そもそもこちらに戻ってくるつもりはない。しかし、老父をひとりにしてろくに帰省もしなかったことに罪悪感があったらしい父は、すぐさま先祖代々の家土地を売り払うにはためらいがあった。迷っているあいだも時間は過ぎてゆく。ともかく空き家(あきや)のまま放置するのはよくないので、警備会社とホームセキュリティの契約をして、空き巣と火災の対策だけはした。

妙なことが起こりはじめたのは、ここからである。

セキュリティの契約では、玄関の開閉を感知して、決まった手順でボタンを操作しないと警備会社に通報が行く装置を設置して、月に一回、警備員が家に異常がないか見回りに来てくれる。その装置の誤作動が頻繁に起きた。装置からの通報で警備員が駆けつけても、玄関は施錠されたまま、窓にも割られたり鍵をこじあけられたりといった異常はない。そんなことがたびたびあって、装置を調べるも不具合はない。警備会社は首をひねり、その都度知らせを受けていた父も不審がった。

月に一度、警備員が見回りに来ると、家の窓に人影を認め、あわてて合鍵でなかへ入るが誰もいない。そんなことが毎回あって、気味悪がって皆ひとりでは行きたがらなくなった。さすがに警備会社がそれを率直に言うわけではないが、電話のやりとりでなんとなく察したという。

その警備会社から『裏庭の雑草が伸びてますよ』という報告があり、添えられた写真を見ればたしかに伸び放題であったので、父は大阪にいる知り合いの業者に頼んで、雑草を刈ってもらった。その知り合いから、『幽霊屋敷だなんて聞いてない』とクレームがあった。

作業員が草刈りをしていたら、家のなかで物音がする。ひとの気配もある。空き家だと聞いていたが、親戚の誰かが掃除にでも来ているのだろうか、と作業員は思ったらしい。ひと声かけておいたほうがよかろうと、裏庭に面した窓に近づき、あいさつした。会社名を名乗り、草刈りをする旨告げた。

しかし、家のなかからはうんともすんとも返ってこない。窓は台所か風呂場かわからないが、カーテンのかかっていない、外側に格子のついた磨りガラスの窓である。そこにひと影が現れた。磨りガラスなので顔はわからない。ただ黒い影だった。なんら言葉を発する様子はない。愛想のないひとだなと思っただけで、作業員は草刈りを再開しようとした。

そのとき、バン！　と激しく窓を叩く音がした。驚いて窓をふり返ると、黒いひと影がこちらを覗き込むように窓に張りついている。黒い手形が見える。そうなると磨りガラスといえどその人物の姿がある程度わかっていいはずなのに、いまだ影にしか見えない。そこではじめて作業員は怖くなったという。

あとずさると、さらにバン！　と音がした。べつの窓に、黒い手形があった。また音がして、その手形の近くに、今度は足の形に影が浮かびあがっていた。バン、バン、バン……と音はつづいていたが、そのときにはもう、作業員は裏庭から逃げだしていた。車まで駆け戻り、急いでその場を離れた。上司に報告すると、『なにあほなこと言うてんねん』と叱られたが、頑として戻るのを拒んだ。しかたなくべつの作業員が向かったが、その者もやはり青い顔で帰ってきた。

『お祓いをしたほうがいい』と知人は父にすすめたという。父は半信半疑だった。自身の目で見たわけでもないのに半分信じたのは、心のどこかで『やっぱり』と思うところがあったからだ。

　こうなっては自分の目で一度たしかめねばならない、と父は実家を訪れた。

　実家から戻った父は、祖父の幽霊がいた、と言った。

『玄関を開けたら、廊下の突き当たりに親父がいた』

寝巻姿で、ぼうっとした顔で、うろうろしてた——そう語った。

伝手を頼って、お祓いをしてくれるひとを紹介してもらった。それが八尋である。

ちょうど五百森が大阪へ転勤することになったため、転居する物件をさがすついでに、鍵を開けに来ることになった、というわけである。

「父はもうあの家には行きたくないと言っていました」

よく冷えた店内でも額にまだ汗を浮かべて、五百森は言った。

あれから澪と八尋は五百森を伴い、ファーストフード店に場所を移して詳しい話を聞いていた。三人の前にはアイスコーヒーが並んでいる。

「私ももう行きたくありません」

「あなたもお祖父さんの幽霊を見ましたか」

八尋が訊くと、五百森はうなずいた。

「あ……雨戸を開けておかないと、と思ったんです。あの家に着いて。暑いですから。あの、もう電気はとめているので、エアコンがつかないから、窓を開けないとって……」

五百森はまだ動揺がおさまらないらしく、話しかたはいささか要領を得ない。おそらくふだんはもっと理知的に、整然としゃべるひとであろう、と澪には思えた。

「玄関を開けて入るときが、いちばん怖かったんです。父がそこで見たと言っていたので。恐る恐る開けて、薄暗い廊下の突き当たりを見て、でも、なにもいなかったんです。それで、ちょっとほっとして。やっぱり、幽霊なんていないんじゃないのかな、って思いました。すみません、父から話を聞かされたときは、正直、なにか見間違えただけなんじゃないかと思ってました。草刈りの業者の話も、うさんくさいなって……」

五百森はアイスコーヒーをストローでずずっと吸い込む。一気に半分ほどがなくなった。それで人心地(ひとごこち)ついたのか、ふうと息をついた。

「だからあの家に入るときもあんまり信じてなくて、でもなんとなく怖いものは怖いじゃないですか。そっと縁側に回って、雨戸を開けようと思いました。雨戸を開けると、光が入って明るくなって、いっそう安心しました。昼間ですし。びくびくしているのが馬鹿みたいに思えて、わざと大きな音を立てて雨戸をぜんぶ開けました。雨戸の最後の一枚を戸袋に押し込もうとしたら、なかなか入らなくて。ありますよね、そういうこと。だからさきに入れた雨戸を押しやって、隙間(すきま)を広げようとしたんです。そしたら——」

口にするのを厭(いと)うように言葉を切って、五百森は一度タオルで鼻の下の汗をぬぐった。

「黒い塊が、隅で動くのが見えました。小さな獣ぐらいの。空き家にしてるから、野生動物が棲み着いたのかと思いました。雨戸を押し込んでつぶしてしまうのもいやですから、中途半端に押し込んだまま、玄関に引き返そうとして、ふと気づいたんです。視界の隅になにかいるって。黒いなにか。縁側の端っこに、猫くらいの大きさの影みたいなのがある。それだけじゃない。壁にも黒い影が。黴みたいな、靄みたいな……。動物なんかじゃない、とわかりました。急に気温がさがったみたいに体が冷えて、でも汗が噴き出て、わけがわからなくなりました。それで、家鳴りがして……いや、床板を踏む足音だ、と思ったときには、すぐそばにいたんです」

五百森はタオルを口に押しつけ、くぐもった声で、

「祖父が」

と言った。

「縁側の突き当たりの角を曲がると、家の奥につづく廊下になってます。その角に、ぬっと現れて。水色のチェック柄の、寝巻姿で。あれ、たぶん死んだときの格好です。私は葬儀会場の経帷子を着た祖父しか見てませんが。祖父は、背を丸め

て腰をかがめて、ぼんやりした顔で立っていました。そのあとはもう、考えるよりさきに体が動いて、玄関まで走ってました。戸を閉めるのも忘れて、車に飛び乗って、とにかくあの家から離れたくって」

ふうう、と大きく息を吐き、五百森はアイスコーヒーをすすった。

「それで、時間までコンビニにいたと」

「はい」五百森は八尋のほうに体を向け、頭をさげた。「そういうわけで、すみませんが私はもうあの家には行きたくない。鍵をお渡ししますので、あとはお任せします」

「はあ……」

八尋は困惑した様子で頭をかいている。五百森はそれにかまうことなく、ポケットから鍵をとりだし、テーブルの上に置いた。「それでは、お願いします。終わったらご連絡ください」と口早に言い、そそくさと店を出ていった。澪はそのうしろ姿を見送り、八尋に目を向ける。

「こういうことって、よくあるんですか？」

尋ねつつ、アイスコーヒーをストローでかき回す。だいぶ氷が溶けて薄くなってしまった。飲んでみるとやはり水っぽい。

「まあ、あるわ。幽霊が怖いからお祓いを頼むわけやしな。こっちは代金さえきっちり払ってくれたらそれでええし。出し渋られたら困るから、紹介でしか基本的には引き受けへんわけや」

八尋はドライな口調で答える。

「ほな、ひとまず行こか」

澪は「はい」とうなずき、立ちあがった。

快晴の青空の下、五百森家はごくふつうの民家のように見える。古民家というほど古い感じはないが、昔ながらの瓦葺きに引き戸の玄関、雨戸のある縁側といった日本家屋としてイメージする典型的な民家であった。

「五百森さんの話を聞くかぎり、お祖父さんの幽霊と、そのほか邪霊がちらほらいるというところですか?」

玄関前で家を見あげながら澪が言うと、

「そんな感じやけど、まあ実際見てみんとわからんな」

八尋は慎重な言葉を返す。ふだんのいいかげんさが嘘のように、こういうときの八尋はつねに慎重である。

八尋が鍵を開け、引き戸を横にすべらせると、広い玄関が現れた。板間の廊下が奥までつづき、両側に腰高障子が並んでいる。なかは薄暗い。三和土に足を踏み入れると、ひんやりとして、外の蟬の声が遠くなった。代わりのように家鳴りの音がする。ミシッ、パシッ、と木が割れるような音だ。木造家屋ならよくあること――と思ったとき、バン！　と大きな音が響いて、澪はびくっと肩を震わせた。

「なに――」

すぐ近くから聞こえた音だった。玄関をあがって右側の障子のほう。そちらに目をやると、おなじ音が今度は左側から響いた。バン、バン、と左右からたたく音がつづき、澪と八尋は息を吞む。

ミシッ……と音がした。家鳴りではない。床板を踏む音だ。廊下の奥から聞こえた。奥は暗く、よく見えない。澪は目を凝らす。なにかいる。いや、ある、と言ったほうがいいのか。突き当たりも廊下のようで、丁字路のように交わっている。その左側の角の下部から丸い影が覗いていた。それが老人の頭部であると見てとって、澪は一歩あとずさった。ぽっかりと見開かれた目が玄関に向けられている。澪はこのとき気づいた。焦げ臭いにおいがする。髪の毛が燃えるようないやなにおい。邪霊のにおい。すばやくあたりに視線を向ければ、いつのまにか黒々とした靄が障子の隙間から、天井から、にじみでていた。その間にも壁をたたくような不快な音はつづいている。老人の頭が、にゅう、と角から出てくる。手が床を這い、寝巻を着た老人の体が現れた。

「いったん外に出よか」

なんでもないように八尋が言った。澪がうなずき、体の向きを変えようとしたとき、それまで緩慢だった老人の動きが急に速くなった。床を這ったまま、獲物を見つけたかのように猛然と手脚を動かし、玄関に突進してくる。その異様さに澪は体がすくんだ。八尋が澪の背中を押して外に出し、自身もすばやく出るや否や、引き戸を勢いよく閉めた。戸がぶつかる大きな音がする。八尋は引き戸を両手で押さえ、しばらく動かなかった。澪は戸の向こうに耳を澄ます。なんの物音もしない。

蟬の鳴き声が響き渡る。

「……外には出てこおへんみたいやな。出てこられへんのか、出てくる気がないんか、わからんけど」

八尋は引き戸から手を離し、ふうと息をつく。汗が顎先から滴った。

「聞いてたのと、ちょっと違いませんか」

澪は無意識のうちに両腕をかかえるようにしてさすっていた。寒くはなく、それどころか暑いのに、鳥肌が立っている。

「せやな。なんちゅうか、もっと攻撃的に思えた……いや、草刈りの業者の話とは近い感じか」

ふむ、と八尋は腕を組む。「他人を拒んどるんかな」

「他人を？」

「うーん……」

八尋は頭をかいて、

「五百森家は、昔は郷士の身分やった由緒ある旧家で、戦国時代によそからやってきたて話や」

と言った。

「古い家柄やから、民俗学の先生が何度か調査に来たこともあったらしい。その縁で大学の先輩経由で僕にこの依頼が来たんやけど。まあ、古い家は歴史あるぶんしがらみもたっぷりあるもんやから、ここもなんかいわくでもあるんかもな。五百森さんからそういう話は聞いてへんけど」

「いわく、ですか」

「ご近所さんにでも軽く訊いて回ってみよか」

と、八尋は敷地の外に向かって歩きだした。

ご近所さん、と言ってもいちばん近い家でさえ百メートルほど離れている。田んぼ沿いの道を歩いてそちらに向かう。あたりを歩いているひとは澪と八尋以外、いなかった。蟬の声が喧しい。すこし歩いただけで汗が噴き出し、澪は手の甲で首筋の汗をぬぐった。

「おっ、ひとがおる」

八尋がつぶやく。田んぼのそばに軽トラがとまり、帽子をかぶった老人がなにやら作業をしていた。八尋はその老人のもとへ足早に近づく。

「すんません、ちょっとお訊きしたいんですけど――」

老人はうさんくさそうに八尋を見やる。そのまなざしをまるで意に介さず、八尋はにこやかに話しかけた。自身を大学関係者と名乗り、以前調査に来た五百森家を再訪した、というような説明をしている。

「近くまで来たんで、五百森さんにあいさつしよと思たんですけど」

「五百森さんとこは、もう誰も住んではらへんで」

以前調査があったことを知っていたのか、老人は納得(なっとく)がいったような顔をして、そう言った。澪のことはちらと見ただけだった。大学生だとでも思ったのだろうか。

「そうなんですか？　お爺(じい)さんが亡くなったとは聞いてましたけど、息子さんは？　関東のほうから戻ってきてないんですか」

素知(そし)らぬ顔で八尋は問う。

「よう知ってはるな。戻ってきてへんよ。葬式やっただけで、また帰っていかはったみたいやな。ときどき片づけには来てはるみたいやけど。あの子は大学であっち行ってしもてから、ほとんど帰省もせんで五百森さんもぼやいてはったわ」

「亡くなったお爺さんが？」

「せや。しゃあないけどな、あの家は……」

言いかけ、老人はくしゃみをするように顔をしかめ、咳払(せきばら)いでごまかした。

「なんですか？」

「なんもない。五百森さんとこは、もうあの家も売ってしまわはるんやろし」

老人は背を向け、軽トラの荷台の留め具を外しにかかる。

「あの家は――祟られている？」

八尋の言葉に、老人は作業の手をとめる。ふり返り、渋面を見せた。だが、表情ほど苦々しく思っているわけでもないようだった。

「あんた、そうあけすけに言わはったらこっちが困るわ。そら、五百森さんとこはな、昔からええ話聞かへんけど」

「昔からですか。その昔というのは、どれくらい？」

「さあ、知らん。昔からそう言われてる、いうだけのことや。株内では」

「カブウチ？」

思わず、澪は口を挟んだ。老人が澪に目を向け、やや表情を和らげた。

「若い子は知らんやろな。いや、あんたは京都の子と違て、よその子か？」

「長野の出身です」と言うと、「そらまた遠いとこから」と老人は思った以上に驚いた様子を見せた。

「長野言うたら、長野オリンピックやな。あと野沢菜漬け。あれはうまいなあ」

「はあ、ありがとうございます」礼を言うのも妙な気がしたが、澪は一応頭をさげた。「それで、あの、カブウチって、なんですか」

兄の漣と違って、澪はどうも年寄り相手にはしどろもどろになってしまう。慣れない。

「株内は、株の仲間内てことや。株は、ほれ、なんや……」

老人は言葉をさがすように手をさまよわせ、眉間に皺をよせる。

「同族集団、て言うたら近いですかね」と助け船を出したのは八尋である。

八尋は澪に向かって、

「丹後・丹波地方では、本家と分家関係にある家同士の集まりを株て言う。地域によっては本家分家関係なく先祖がおなじとか、もしくはそういう血縁関係のまったくない集まりもあるけど。この村やと、『先祖がおなじ』かな。おなじ姓で固まっとる。田中株とか鈴木株とか、姓をつけて呼ぶ」

「うちの村には田中も鈴木もおらんで」と言う老人に、八尋は「喩えです、喩え」と笑顔を向けた。

「なんのためにそんな集まりを作るんですか?」

澪は八尋に問うたのだが、答えたのは老人だった。

「そらあんた、葬式のときに困るさかいにな。人手がいるやろ。あんたぐらいやとまだわからんか。いまはここらでも葬儀会館ですることが増えて、出番ものうなってきたけど」

「昔は婚礼も家でやってましたから、そういう手伝いもあったでしょう」

八尋が補足する。「あと宗教行事とか」

「せやせや」と老人は何度もうなずく。「昔はな、株に入っとらんと、いざというとき困ったさかいな。いまは世代交代言うんか、新しいひとが増えて、どこの株内かいうんを気にするんは年寄りだけや。もうそのうち誰も知らんようになるやろ」

「その株内で、五百森さんのお宅は評判が悪かったと」

八尋は話を軌道修正した。だいぶ舌がなめらかになった老人が、抵抗もなくうんうんとうなずく。

「五百森さんとこは、昔から村の偉いさんでな、村の祀りもあの家が仕切っとった。祀りて、神輿かついで屋台が出て、ていうお祭りと違うで。年に一回、村の社(やしろ)にお参りに行く代表が五百森さんとこやった。戦後になっても、新しく引っ越してきた住人は五百森さんに認めてもらわんと、どこの株にも入れんかった。せやけど、五百森さんはよそもんを嫌ってたさかい、株に入るんを認めへんかった。それでまた引っ越してく家も多かったわ」

「なるほど」八尋が相槌(あいづち)を打つ。「そのひとたちには恨(うら)まれたでしょうね」

「大喧嘩(おおげんか)になったこともあったみたいやな。これはだいぶ昔のことらしいさかい、よう知らんけど」

老人はそこで声をひそめた。まわりには蟬の声が響き渡るばかりで、ひとっ子ひとり歩いていないが。

「そんなんやったさかい、あの家は祟られとるんちゃうか、て言われるようになったんや」

「祟られとる……と言われるようなことが起こったんですか」

「子供が事故で死んだり、稲が病気でぜんぶあかんようになったり、車が用水路に落ちたり」

――それは祟りなのだろうか……。

と、澪は内心思う。不運がつづくことぐらい、どこの家でもあるだろう。

「結局、あの家を継ぐもんもおらんようになってしもたしな」

それはたしかにそうである。かつてはこの村の実力者であった五百森家が、この村から消えてしまうのだ。

「なるほど、そうでしたか」八尋は否定せずにうなずき、「ほな、五百森さんとは会えそうもないですから、僕らは帰ります。お仕事の邪魔してすんません」と愛想よく言って老人から離れた。澪もぺこりと頭をさげて、八尋を追う。

八尋は車をとめてある五百森家に戻るのではなく、さらに集落の奥へと向かっていた。

「どこへ行くんですか?」

「あれ」

と、八尋は山のほうを指さす。山裾の緑のあいまに屋根瓦が覗いている。

「お寺や。この辺の家の檀那寺やろ。経験上、檀家のことは寺に訊くのがええ」

寺は民家が数軒まとまって建ち並ぶ奥にある。ブロック塀や生け垣のあいだの細い路地を進む。やはり誰も通らない。ときおり猫が家と家の隙間に寝そべっていたり、こちらをにらんで威嚇したりする。

「五百森さん家が祟られているって、ほんとうだと思いますか？」

「さあなあ。さっきの話だけでは、なんとも言えへんな」

「ですよね」

民家が途切れて、両側に木々の生い茂る坂道が現れる。文字の剝げかけた看板が立てられており、『浄福寺』という文字と上向きの矢印が書いてあるのがなんとか読みとれた。

坂道を登ったさきに、墓地と古い寺があった。境内にひと気はなく、蟬の声だけがいっそうかしましい。木々に囲まれているおかげで陽が遮られ、いくらか涼しく感じた。寺の隣にこぢんまりとした家がある。住職の住まいだろう。八尋はそちらに足を向けた。

「なにかご用ですか？」

玄関に着く前に縁側から声がかかった。見れば作務衣に坊主頭の男性が立っている。四十代くらいだろうか。眼鏡をかけた、ひとのよさそうな男性だった。八尋は彼に対して、さきほどの老人にしたような説明をくり返す。

「ついでと言ってはなんですけど、ご住職にこの村の歴史なんかを訊けたらええかなと思いまして」

「はあ、そうですか。それやったら、父が生きてたらよかったんですけど。私はそこまで詳しくなくて。父はそういうのが好きやったんですよ。地方の歴史とか、風習とか」

そう言いつつも住職は縁側に座布団（ざぶとん）を敷いて八尋と澪にすすめ、奥さんらしきひとが「暑かったでしょう」と親切にも麦茶まで持ってきてくれた。縁側は風が通って涼しい。夏場、ここに住むのはさぞ快適だろう。

「五百森さんのお宅は、いずれ家を手放すおつもりやと聞きましたけど……」

住職が言う。「お墓はとりあえず、こちらに残しておくそうですが」

「息子さんもお孫さんも、仕事上こちらに戻ってくるのは難しいでしょうからね」

「もったいない気もしますけど、これぼっかりはしかたないですねえ」

「あんまり縁起（えんぎ）のいい家やなかったからというのもあるんでしょうか」

八尋がさりげなくそう水を向けると、

「縁起の……ああ、そう言うたらそうですね。五百森さんも気にされてたんですね」

住職は思い出すように宙を見あげた。

「こないだ亡くなった五百森さんのお爺さん、あのかたも気の毒なことでしたし、お婆さんのほうは廊下で転倒して頭を打ったせいで亡くなって……お婆さんが亡くなったのは病院ですけど、原因は家ですもんね。不幸な偶然ではありますが」

「昔からそういう、不幸なことがあったんでしょうか」

八尋の問いは漠然としていたが、住職は「そうですねえ」とうなずいた。

「そう劇的に不幸がつづく、ということではないんですけどね、なんとはなしに、あの家はついてへんなあ、ぐらいの印象はありましたね。車の自損事故起こしたりとか、稲が病気になったりとか」

──一家を滅ぼすほどではないが、小さな不運がつづく。

そういう家だったということだろうか。

「なんででしょうね」

八尋の問いに、

「なんででしょうねえ」

住職は首をかしげ、おなじ言葉をくり返した。

「村では頼りにされる家でしたし、昔は祀りも五百森さんが……」

「祀り」八尋と澪のつぶやきがかぶさった。

そういえば、さきほどの老人も祀りがどうのと言っていた。

「祀りというと」

「祖霊社（それいしゃ）ですよ」

それいしゃ、と澪は復唱する。

——祖霊社、か。

「五百森さんの先祖を祀ったもので、五百森さんの株内のほかは関係のない祀りですが。古いお社があって、そこにお参りに行くんですよ」

「さきほど『昔は』とおっしゃいましたが、いまはされてないんですか」

「いまはねえ、皆さんなにかとお忙しいですからね。私がまだ子供のころには見た記憶がありますが、いまはさっぱり。お社もほとんど崩れていますし。当時も渋々（しぶしぶ）というか、なおざりにお参りしてはる感じを受けましたよ」

八尋は何事か考えるようにちょっと下を向いたあと、

「そのお社って、どこにあるんですか？」

と尋ねた。

祖霊社は五百森家の裏手、いくらか歩いた山裾にあった。民家はなく、木々が雑然と生い茂っている。ほとんど崩れかけた竹垣が巡らされたなかに、大きめの祠があった。これが祖霊社らしい。祠は黴と虫食いでぼろぼろだ。まともに祀られていないというのは一目瞭然だった。なにより――。

「澪ちゃんは離れとき」

八尋が竹垣の外に出るよう手をふる。澪はおとなしく従った。竹垣には木戸があり、そこから出入りするようになっている。竹垣の外から澪は祠を眺める。焦げたようないやなにおい。祠の屋根に、扉に、まとわりつく黒い陽炎。

祖霊社は邪霊の巣になっていた。

「散らすことはできるけどなあ……」

八尋がぶつぶつ言いながら祠の周囲をまわり、検分している。「散らしてもどうせ戻ってくるやろし」

邪霊のことである。

「こうなったから祀るのをやめたんか、祀るのをやめたからこうなったんか。どっちやろな」

「でも……神様ならともかく、自分の先祖が祀られているのに、やめます？　墓参りをしなくなるようなものですよね」

都会ならわからないでもないが、いや都会だってお盆やお彼岸くらい墓参りするひとはまだまだいるだろう。

「自分の親とか祖父母の墓ならともかく、祖霊となると遠いしなあ」

「親とか祖父母は、祖霊じゃないんですか」

「死んだ者が祖霊になるのは、三十三回忌か、あるいは五十回忌がすんでからやと言われとる」

「ずいぶん時間がかかるんですね」

「時間というか、供養の回数やな。この様子やとちゃんと供養しとるんかどうかもあやしい」

この祠の有様は、そのせいということだろうか。

「ん？」

八尋が上を向く。風もないのに木々の梢が揺れ、葉がこすれ合う。葉の陰からにじみでるようにして、黒い陽炎が揺らめいた。じわりとそれらは祠に吸い寄せられてゆく。新たに邪霊が引き寄せられているのだ。

ふいに邪霊の向きが変わる。祠から澪に。澪は思わず一歩足を引いた。それらが標的を澪に定めたのを肌で感じる。澪にはわかる。幼いころからずっと、そうだったからだ。

澪は邪霊を引き寄せる。呪いのせいだ。邪霊は澪を弱らせ、命を削ってゆく。

「澪ちゃん――」

八尋が澪のほうに近寄ろうとして、はっとしたように足をとめる。彼の目は澪の斜め後ろに向けられていた。

突然、邪霊が突風に巻きあげられたかのように散り、ふたたび集まり、澪の後方へと流れてゆく。澪はふり返った。ひとりの少年が立っている。

高校のエンブレムが胸に入った水色のシャツに、ダークブラウンのスラックスという夏用の制服に身を包むその少年の顔は、彫像のように整っている。薄暗い木々の下で、その顔と腕はほのかに光るように見えるほど白い。

高良、とつぶやいた澪の声は蟬の声にかき消された。高良は手を前方に伸ばしている。黒い陽炎はそちらに引き寄せられてゆく。手のひらに集まってきた邪霊を、高良はぐっと握りつぶした。黒い石のような塊がその手のなかに握られているのを、澪は知っている。彼はそれを食らう。彼にとって、邪霊は食糧だからだ。

高良はこぶしを握ったまま、澪のほうに顔を向けた。

「なぜ、不用意に蜂の巣をつつくような真似をするんだ？　理解に苦しむ」

涼やかな声で高良は言った。本気で苦言を呈しているという調子ではない。どうしてここに、とは訊くだけ無駄である。彼はつねに神出鬼没だった。

「蜂の巣……」

澪は祠をちらとふり返り、高良のほうに顔を戻す。「あの祠が？」

「この場が」

高良は微妙に訂正する。

「この場？」澪は周囲を見まわす。

「長くここにとどまらないほうがいい」

そう言われて、澪は八尋のほうをうかがった。八尋は「了解」とあっさり応じる。

「ここにおってもわかることなさそうやしな。いったん帰ろか。藪蚊もひどいし」

蚊に刺されたのか、八尋はかゆそうに腕をかいている。

「つぎ来るときは虫除けスプレー必須やな」

木戸を開けて竹垣の外に出てきた八尋は、祠のほうをしばし眺めた。

「ここと、屋敷のほうのあれと……関係ないことはないやろな」

つぶやいて、ううんと唸る。「どないしたもんか」

「元凶はここにはない」

差し挟まれた声に、八尋は驚いた顔で高良を見た。

「助言してくれるん？　助かるわ。ここが元凶やないんやったら、屋敷のほう？祖霊が原因やと思たらええんかな」

これ幸いとばかりに矢継ぎ早に問う八尋に、さすがの高良も啞然としている。

「それを突きとめるのはおまえたちの仕事だろう」

「使えるもんは猫の手でも使て早う解決したほうがええやんか」

八尋はあっけらかんとしている。高良は毒気が抜かれたのか、ほんのりと苦笑した。めずらしい表情だった。

「……俺（おれ）もすべて見通せるわけじゃない。澪のためにもならない」

高良はちらりと澪を見た。「あとはおまえたちでやれ」

それだけ言うと、高良は澪たちが来たのとは別方向へと歩きだす。その背中を澪は見つめた。

――澪。澪と言った。

そのことが澪の胸の奥深くに沈み、根を張ってゆく。多気女王（たきのおおきみ）の生まれ変わりではなく、澪としての自分がここに立っているのだと、まざまざと実感した。

高良のうしろ姿はじきに木々に隠れ、見えなくなった。

「なんだかんだで親切やな、高良くんは」

八尋も澪とおなじく高良の去っていったほうを眺めている。

「澪ちゃんの修行のためか。よっぽど祓（はろ）てほしいんやなあ、自分のことを」

八尋の口調は、どこかしんみりしていた。祓ってほしい。己（おのれ）を。それはつまり、高良自身を消し去ってほしいという願いだった。

高良の正体は、はるか昔に呪術（じゅじゅつ）によって生みだされた千年蠱（せんねんこ）という蠱物（まじもの）である。彼は多気女王に呪いをかけた。彼とともに生まれ変わりをくり返し、そのたび邪霊によって死んでゆく呪い。澪を蝕む呪い。だが、澪はこの呪いをかけたのが高良だと知っても、彼を憎む気にはなれない。それは澪が多気女王の生まれ変わりだからなのか、澪自身の気持ちがそう思わせるのか、わからない。

呪いを解くには、千年蠱を祓うしかない。それは高良を殺すことと同義である。

高良は永遠にくり返される呪いに絶望している。己のせいで死にゆく多気女王の生まれ変わりたちを、いつも見ていることしかできない。だから終わらせてほしいのだ。切にそう願っているのを、澪は知っている。

澪は千年蠱を祓うと決めた。そのために修行している。

だが、ひとり去ってゆく高良の背中を見ると、澪の胸は、苦しくなる。

くれなゐ荘に帰ると、玉青の手によって晩ご飯ができていた。

ご近所さんから茄子をたくさんもらったそうで、卓袱台に並ぶ料理は茄子尽くしだった。焼き茄子にはじまり、煮浸し、薄切りした茄子と豚肉を重ねて蒸し焼きにしたもの、中身をくりぬいてそぼろと混ぜて詰め、チーズをのせてオーブンで焼いた茄子グラタンと、ずらりと茄子料理が並んでいる。

　この下宿を営（いとな）む玉青と朝次郎（あさじろう）夫婦はこってりした肉料理は好きではないようで、焼き茄子をことのほかおいしそうに食べている。八尋は豚肉を重ねた料理がお気に召（め）したようで――『茄子と豚肉のミルフィーユ』という料理だそうだ――「うまい、うまい」と連呼（れんこ）していた。和食が好きな漣は焼き茄子や煮浸しがやはり好きなようで、澪と同い年の少女・波鳥（なとり）はグラタンに感激していた。グラタンはくりぬいた茄子をサイコロ状に切り、そぼろと炒めて甘辛（あまから）い味付けにしてある。それととろけたチーズが抜群に合うのだ。

「睦原村には、今度いつ行くつもりなんですか」

　そう八尋に問うたのは、漣である。漣は今日、大学の課題があるとかでついてこなかった。すこし前までは澪のお目付役（めつけやく）よろしく当然のようについてきたものだったが、最近はそうでもない。

「明日。依頼人の五百森さんがこっちにおるんは明日までなんや。つぎ来るのは物件を契約するときや言うてた。せやから、とりあえず明日もいっぺん行ってみて、無理そうやったらいったん預かった鍵返して、つぎの機会やな」

「手伝いがいるなら、明日は行けますすけど」

「せやなあ……」八尋は箸をとめて思案している。「ほな、頼もかな。昔の睦原村のことを知りたいもんやから、手分けしてお年寄りに話を訊きたいんや。人手があると助かるわ」

「じゃ……じゃあ、わたしも行きます」

と、声をあげたのは波鳥である。彼女はいちおう、澪の護衛という役回りで、今日も一緒に行きたいと言っていたのだが、澪が断った。波鳥には数学の補習があったからだ。理数科目が苦手らしい。

「明日は補習、ありませんから」

恥ずかしそうにする波鳥に、「うん、じゃあ、一緒に行こう」と澪はうなずいた。

「暑いさかい、気ィつけや」

玉青が注意する。「帽子かぶって、飲み物持ってかなあかんよ」

澪が今日、キャップをかぶっていたのは玉青に言われたからである。心配性だと思うが、ここに越してきたばかりのころ、出かけては怪我をして帰ってきてさんざん玉青に心配をかけた澪なので、何も言えない。

「いまどきの暑さは、昔の暑さとは違うでな」と朝次郎も言う。

——前に高良が生きていたときは、どうだったのだろう。

と、澪はふと思った。前に生きていたときは、『高良』ではないが。

肉体と魂について、このところ澪はよく考える。

『凪高良』は千年蠱のいまの肉体である。だが、中身は古代から脈々とつづいてきた千年蠱で、千年蠱は『巫陽』という巫者の魂から成っている。だから高良は巫陽である。千年蠱という呪術によって作られた蠱物および彼がかけた呪いを祓ったとき、高良という肉体も、巫陽という魂も、消し去られてしまうものなのだろうか？そのふたつは、残りはしないだろうか。——そんなことを考えてしまう。答えなどあるわけがない。いままで誰も、千年蠱を祓えはしなかったのだから。

食事が終わり、澪は部屋へと戻る。途中、廊下で波鳥が自身の携帯電話を覗き込んでいるのに気づいた。そういえば、食事の前もおなじように携帯電話を気にしていた。

「どうかしたの？」

「あ、いえ……」波鳥はあわてて携帯電話から顔をあげる。「最近、兄から連絡がないので……忙しいのかなって」

「今日、高良とは会ったけど、そういえば青海さんは見なかったな」

波鳥の兄、青海は高良の世話係である。ふたりとも和邇という蠱師の一族だ。和邇家は蠱師の一族でも澪の麻績家や八尋の麻生田家、玉青と朝次郎の忌部家などとは違い、千年蠱の味方をし、利用してきた一族である。いわば水と油の間柄だが、故あって波鳥は澪とともにいる。

「明日、もし高良もあの村に来たら、会えるんじゃない？」

神出鬼没なので来るとはかぎらないが、澪の身に危険が迫ると必ずといっていいほど現れる。明日、そんな危険があるかどうかはわからないし、ないほうがいいのだが。

「そうですね……、そうだといいんですが」

波鳥は心細げに言って、ほほえんだ。可憐で頼りなげな笑みだった。同い年なのに、妹のように思えてくる子である。

波鳥と別れて部屋に入ると、座布団の上で照手が寝ていた。ただの狸にしか見えないが、これでも職神だ。忌部の蠱師が生前、使役していた職神で、どうしてかいまは澪のそばにいる。澪は照手のかたわらに腰をおろして、その体をそっと撫でた。毛がやわらかい。照手は耳をぴくぴく動かした。

無心に撫でていると、ふいに照手が顔をあげた。撫ですぎただろうか、などと思ったとき、ガタッと窓のほうで音がした。驚いてふり向いたが、窓が開いた様子も、何者かがいる気配もない。窓は開けて網戸にしてある。大きな虫か鳥でもぶつかったのだろうか。

照手がひとつあくびをする。ふたたび体を丸め、寝入ってしまった。照手の寝顔を眺めながら、澪は首をかしげた。

「まず昨日の住職のとこに行くわ」

車を走らせながら、八尋が言った。睦原村へと向かう道中である。助手席に漣が、後部座席に澪と波鳥が乗っている。

「住職から朝一で電話があってな」

昨日の帰りがけ、八尋は住職に名刺を渡していた。五百森家のことでなにか思い出したら連絡してほしい、と言って。

「ほら、住職が言うてたやろ。お父さんが風習とかには詳しかったて。先代の住職やな。その先代が作った冊子があってな。自費出版でもない、ただ書いてまとめたもんをコピーして綴じただけのもんらしいんやけど。そこに村の昔のことが書かれとるんやと」

「村の昔のこと……」澪のつぶやきに、「詳しいことはまだ聞いてへんのやけど」と八尋は言う。

漣が、

「五百森家の屋敷と祖霊社、それぞれに邪霊がいて、どう祓うか、という案件ですよね」

と確認する。

「屋敷のほうには、爺さんの幽霊もおるで。まあいずれにしても、なんでああもうじゃうじゃ集まってくるんかわからへんな。あれやと祓ってもまた集まってくるからきりない」

集まる原因を断たねばならない、ということだ。

高良は、元凶は祖霊社ではない、と言っていた。では、どこに理由があるのだろう。いまの澪には、考えてもわからない。

八尋は浄福寺へつづく坂道の手前で車をとめた。昨日とおなじく蝉の声が降るように鳴り響いている。坂道を登ってゆくと、寺の本堂が見えてくる。竹箒で境内を掃いていた住職がこちらに気づき、にこやかに会釈した。

「お早いですね。どうぞ、あがってください。水ようかんがありますよ」

今日は縁側ではなく、座敷へと案内される。座卓に麦茶と水ようかんが用意されて、一同は恐縮した。

「気ィ遣わせてしもて、すみません」

八尋が頭をさげると、住職は笑って手をふる。

「いやいや、よそからのお客さんなんて、めずらしいもんで。ちょっと浮かれてるんです」

水ようかんはよく冷えていて、なめらかでおいしかった。

住職はさっそく一冊の冊子を座卓に置いた。薄緑の厚紙を表紙にした、コピー用紙の綴りだった。学校の遠足などで渡される手作りのしおりみたいだなと澪は思った。表紙には『睦原村の歴史』という筆書きの題字があった。

「父が自己満足で作って、檀家さんに配ったみたいです。内輪にしかわからんような記述もあるんで、広くよそのひとにまで読んでもらおうという気はなかったようですね」

「それはもったいない。こういうのは貴重な資料ですよ」

言いながら、八尋はぱらぱらとページをめくっている。横から覗き込むのも行儀が悪いので、澪は水ようかんを食べつつ八尋の動きを目で追っていた。

「なるほど、村の取り決めとか、葬儀の風習とか、これはここで暮らすうえでのマニュアルみたいな面がありますね。――ん？」

八尋はページを繰る手をとめる。

「ご住職、この『左苗家の祖霊社』というのはなんですか？」

皆に見えるよう冊子を広げ、座卓に置く。手書きの文字で記されているが、きれいな楷書なので読みやすい。

『左苗家の祖霊社のこと』――と、そのページには書かれていた。

「私もそこに書かれていること以上のことはわからないんですが……」

住職は眼鏡の位置を直して、冊子のほうに身を乗りだした。

「左苗家というのは、いまはないんですよ。よそに移ってしまって。明治だか大正だかのころ……いや昭和だったかな？　ともかく戦前ですね。昔はうちの檀家で墓も残ってるんですが、それだから無縁墓になってます。大きな家だったみたいですけどね、五百森さんとこと村を二分するくらいの」

　澪は冊子の文章を読む。

『左苗氏は五百森氏とおなじく郷士で、それぞれ家の祖霊社を祀り、年に一度、お参りをしていた。

　もとより仲のいい間柄ではなかった両家だが、あるとき水利のことで諍いし、五百森の者たちが左苗の祖霊社を壊してしまった。その後も両家の対立は続き、ついには左苗氏が睦原村を出て行くことになった。昭和二年のことである』

「祖霊社を壊した……？」

　ケンカをして、祖霊社を壊すという流れになるのがよくわからない。

「『出て行くことになった』と先代は書いてますが、ようはこれ、五百森家が追い出したってことでしょうね」

　八尋が顎を撫でながら言う。

「でしょうね」と住職はうなずいた。「左苗家はもういませんが、五百森さんは当時この村にいたんですから、父も控えめに書いていると思いますよ」

ふむ、と八尋は冊子を見つめ、

「この左苗家の祖霊社がどこにあったか、それはわかりますか？」

「さあ……聞いたことがないですね。書いてないということは、父も知らんかったんと違うかなあ」

ちょっと待ってください、と言い置き、住職は座敷を出て行った。戻ってきた住職の手には、ちらしとペンがあった。

住職はちらしを裏返し、白い面にペンを走らせる。

「この村の地図を描いてみます。それで左苗家の祖霊社がどこにあったか、おおよそ見当がつくかもしれません」

西側に川、東側に山。そのあいだに線を描いてゆく。道だろう。田んぼの記号をあちこちに書き込み、山に寺の記号が入る。次いで民家の位置とその苗字を書いていった。

「ここが五百森さん家で……祖霊社はここ。あそこは、雑木林のなかにあるでしょう。左苗家の祖霊社も、おなじような感じやったとしたら……」

住職は地図上のいくつかの場所に星印をつけた。山裾や民家のそば、田んぼのあいだなど。

「この辺とちゃうかな。あくまで五百森さんとこの祖霊社を基準に考えたら、ですけど」

「ははあ、これは助かります」八尋は地図をまじまじと眺め、「ありがとうございます」と頭をさげた。

「ついでと言うたらなんですけど、左苗家について知っとるご老人ていませんやろか」

うーん、と住職は唸って天井を見あげる。

「左苗家がこの村を出て行ったのが昭和二年でしょう。親か、あるいは祖父母から話を聞いたことがある、くらいのひとがいるかもしれませんが、私のほうではどうも……」

「わかりました。この冊子、お借りしてもかまいませんか？」

住職はにこやかに笑った。

「よかったらさしあげます。おなじものが何冊か残ってますので」

皆で礼を言って、寺をあとにする。

「じゃあ、これからどうしますか」

　坂道をくだりながら漣が八尋に問う。「昔のことを知っていそうなお年寄りにあたりますか」

「せやなあ……」八尋は迷うように頭をかく。「左苗家の祖霊社も気になるし……」

「あの」と澪は軽く手をあげた。

「うん？」八尋は立ち止まり、ふり返る。

「麻生田さん、前に五百森さんから依頼があった経緯を話してましたよね、旧家だから民俗学の先生も訪れていて、その縁でどうのって。その先生は、詳しいことをご存じじゃないんですか？」

「あー」と八尋はまた頭をかいた。「その先生はな、もう亡くなっとるんや。この村についての論文もなかったし。突っ込んだ話まではできんかったんか、聞いたけど発表できんかったんかは知らんけど。村や家の事情を対外的に発表されるんは困る、ていう場合、あるからな」

　そこまで言って、「ああ、そうか」と八尋はつぶやいた。

「聞いたけど発表できんかった場合やったら、メモとか草稿くらい残っとるかもしれんな」

「でも、そのかた亡くなってるんですよね？」

「先生はもうずいぶん前に。その息子さんが僕の大学の先輩やねん。専攻は違たけど。それで僕のほうに依頼が回ってきて……訊いたらさがしてくれるやろか」

八尋は携帯電話をとりだすも、躊躇するように眺めている。

「訊きにくいひとなんですか」

「そこまで親しいわけやないねん。ちょっと苦手やし。まあええか、頼んできたんは先輩やし、先輩にも責任の一端はあるな」

自分を納得させるかのように言って、八尋は携帯電話を操作する。「電話してみるわ」と、澪たちからすこし離れて背を向けた。

「——もしもし、麻生田です。ちょっと訊きたいことあるんですけど、かまいませんか。……はい、そうです、五百森さんの。いま、睦原村に来とるんです」

八尋の口調はやや堅苦しい。麻生田さんでも苦手な相手っているんだな、と澪は意外に思った。

「……それで、メモか草稿でも残ってたらと……いや、めんどくさいて、そう言うと思てましたけど、これ先輩が僕に頼んできた仕事ですよね。ちょっと調べてくださいよ。そう、五百森家と左苗家。それから祖霊社です。はい、お願いします」

八尋は通話を切ると、ふう、と息を吐いてふり返った。

「研究ノートがあるらしいから、それさがしてくれるそうや。目当てのもんがあるかどうかはわからんけど。こっちはこっちで、村のひとに話を訊いてみよか」

「わたしと波鳥ちゃんは左苗家の祖霊社をさがしてみてもいいですか？」

手分けしたほうが効率がいいし、澪は見ず知らずの老人から話を聞き出すというのは苦手だ。漣はそういうのが得意なので、任せたほうがいいだろう。

「ほな、そうしよか」

八尋はすこし迷ったようだが、うなずいて地図を手渡した。「なんかあったら電話して」

漣は反対するかと思いきや、

「颪（おろし）。澪についていけ」

風が起こり、狼（おおかみ）が姿を現す。漣の職神、颪だ。

澪の護衛に颪をつけただけで、漣はなにも言わなかった。澪は波鳥と連れ立って、地図を頼りに歩きだす。左苗家の祖霊社があった候補地として、ここからいちばん近い場所は、山裾の雑木林である。坂道をくだって、八尋の車がとめてあるのとは逆方向に進み、細道を歩いてゆく。

「波鳥ちゃん、大丈夫？」

澪は帽子のつばに隠れた波鳥の顔を覗き込む。波鳥は肌が白く、目の色素も薄いので、夏の日差しには弱い。つばの広い帽子に、暑くても長袖（ながそで）のUVカットパーカを着ている。

「大丈夫です」と波鳥はうなずいた。「木が多くて日陰（ひかげ）があるので、街（まち）なかよりずいぶん楽です」

なるほどそういうものか、と思う。「じゃあ、自然の多いところのほうがいいんだね」

「そうですね、虫は苦手ですけど……」

「今日は虫除けスプレーしてきたから大丈夫だよ」

効くのかどうかは知らないが。

とりとめもないことを話しながら歩いていた澪は、足をとめる。砂利道（じゃりみち）が途切れ、その先はなかば藪に覆われた獣道のような道がつづいている。通るひとがほとんどいないが、いちおう道はある、という状態だ。虫がたくさんいそうだ。

「行こうか」

蚊に刺されるのは避けられそうもないな、とあきらめて、澪はさきに立ってその道に入った。

藪と木々のあいだを進む。足もとには落ち葉が堆積し、腐って土と混ざったにおいがする。蟬が四方八方でずっと鳴いているが、あまりにうるさいので、もはや慣れてしまった。木陰が心地よく、汗がすっと引いてゆく。澪は周囲を見まわした。こうして見ると木々の緑もそれぞれ色合いが異なるのだな、と思う。濃い緑の葉もあれば、薄緑の葉もあり、黄味の強い葉もある。いったん立ち止まり、地図に目を落とした。ここはもう雑木林のなかである。祖霊社があったとしたら、いくらか開けた場所だろう。

波鳥も澪のそばであたりを眺めている。

「どう思う?」

訊かれても困るかな、と思いつつ、澪は尋ねた。案の定、波鳥は困ったように首をかしげる。

「よくわかりません。悪いところには思えませんが……」

それは澪も思う。五百森家の祖霊社のように、邪霊が湧いて出てくる様子もなく、寄ってくる気配もない。かといってとりわけ神聖な感じもしない。

広い雑木林ではなく、木々の向こうに民家や田んぼなどの景色が見えている。祖霊社の痕跡があればすぐわかりそうだ。

「――あれ、なんでしょう」

波鳥がふいに林の奥を指さした。山側だ。藪の生い茂る山の斜面が見えている。波鳥の指さすさきには、斜面がすこしえぐれたような窪みがあり、木の根がぶらさがっていた。

「なんだろうね」

どことなく惹かれるものがあり、澪は足を向けた。澪の携帯電話が着信を知らせたのは、そのときだった。あわててジーンズのポケットからとりだし、電話に出る。相手は八尋だった。

「澪ちゃん、いまどこにおる？」

「地図で寺からいちばん近いところにあった雑木林です」

「ほんなら、僕の車のとこまで戻ってきてくれる？　僕らもそっち向かうから。先輩から連絡があってな」

波鳥の見つけた窪みが気になったが、ひとまず澪たちは引き返すことにした。車まで戻る前に、雑木林を出たさきで八尋と漣に出くわした。

「先輩がノートを写真に撮って送ってきてくれたから、澪ちゃんにも送るわ」

八尋は写真をメールに添付して澪に送信する。開いてみると、整理されていないメモ書きのような細々とした字の書かれたノートの写真があった。読みとれない字も多いが、『五百森』『左苗』などの文字があるのがわかる。

「これだけやと言葉が断片的でようわからんから、電話して訊いてみるわ」

と、八尋が電話をかける。これを送ってきた先輩にだろう。

「あ、先輩？　どうも、メール届きました。ええ、はい、お忙しいところありがとうございます。それでですね、ちょっと解説が欲しいんですけど――」

八尋が通話をスピーカーに切り替える。

「解説言われても俺にもようわからんけど」

電話口から面倒くさそうな男性の声が聞こえた。

「これ、先生が五百森さんから聞き取った話なんですよね？」

「そうや。何遍か通ってたみたいやな。外には発表せん約束で聞き出したようや。旧家同士の対立なんて、ようある話やと思うけどな」

澪はノートの文字を眺める。『五百森』と『左苗』のあいだに、『↕』の記号があった。対立の意味だろう。しかし両家の上には斜めに線が引かれていて、それが上部でひとつになっている――『へ』という形だ。

「この両家の上の山括弧みたいな印はなんですか？　先祖がおなじ？」

「いや、出身が一緒て意味やろ。両家とも最初からその村の住人やない、どっかからやってきてる。その出身地がおなじてことや」

そういえば、と澪は思い出す。五百森家は戦国時代によそからやってきた郷士だとかどうとか、そんなことを八尋から聞いた。左苗家もそうだったのか。それも、おなじところからやってきた。

「出身地がおなじ……どこです？」

「さあ、書いてへんな。聞かされへんかったんか、書いてへんだけか知らんけど。

ほんで、両家とも社を造って代々祀った」

「それなんですけど――」八尋はちらと澪の手もとを見やる。携帯電話に表示されたノートを見ているのだ。澪は見やすいように画面を八尋に向けた。

「――この、『みたまのやしろ』ていうのは、なんですか？」

え、と澪は八尋に向けた画面をふたたび自分のほうに戻す。みたまのやしろ。目でさがすと、その言葉は画面の下のほうにあった。ひらがなで記され、丸で囲まれている。

「祖霊社のことや。そう呼んどったらしいな。ノートに祀りかたが書いてあるやろ」

「年に一度、当主が両方の社にお参りする――両方の社に、ってどういう意味です？」

「意味とか知らん。そう書いてあるんやから、そのとおりってだけやろ」

電話の向こうの声はそっけない。眠そうでもあった。

「相手の社にもお参りするってことですよね。なんでそんな……」

「なんでて、それがそういうもんやった、ってだけのことやろ」

「そういう――」

「せやから、両家で祀ってた、ってことや」

──両家で祀ってた。祖霊社なのに？

八尋もおなじことを思ったらしく、

「祖霊社やないってことですか？」

と尋ねている。

「せやから、ノートに書いてある以外のことは知らんて。もう切るで」

「いや待ってください、野々宮先輩。左苗家はもうこの村におらんし、祖霊社もないんです。それって──」

「ほんなら、祀りは不完全てことやな」

そう言って、電話は切れた。

──祀りは不完全。

その言葉が澪のなかでくり返し響く。両家で祀っていたのに、片方がなくなった社。でも、社を破壊したのは五百森家なのだ。左苗家を追い出したのも。

「どうして……五百森家は左苗家の祖霊社を壊したんでしょう。両家で祀っていたのなら、五百森家にとっても大事なお社ですよね」

澪は独り言のように疑問をつぶやく。せやな、と八尋が答えた。

「考えられるとしたら——独占」

「独占？」

「祀るのは、祟りを鎮めるか、利益を願うかのどちらかや。祟りがあるなら壊すのはおかしい。となると祀ることで利益を得ていた。その独占を図った。両家に諍いが生じたのも、その辺で揉めたから、とか？　そう考えるのが妥当なとこやろか」

言いつつも、八尋は納得しかねるような顔で首をかしげている。

「でもなあ、そもそもふたつの家が相手の祖霊社も祀るていうんがようわからんし……」

「あ、そういえば」と澪は声をあげた。

「さっき、そこの雑木林の奥に、気になるところがあって」

「え？　この奥？」八尋は背後の雑木林をふり返る。はい、と澪はうなずいた。

「窪みがあって……いえ、べつに社の痕跡があるとか邪霊がいるとかではないんですけど」

「ふうん。ほな、行ってみよか」

八尋は軽く言って、雑木林のなかへと足を踏み入れた。漣に澪、波鳥もそれにつづく。


林のなかを進んでいった八尋は、前方を指さした。

「窪みて、あれ?」

「はい。――やっぱり、とくになにもないですよね」

なんとなくで八尋たちをここまでつれてきてしまって、澪は恥ずかしくなった。

八尋は窪みの前まで歩みより、しゃがみ込んだ。無言で窪みを眺めている。

「麻生田さん?」

「これ……ここ、石像か、墓石でもあったんと違うやろか」

「墓石?」

「墓石はないか。でも、ちょうどお地蔵さんとか道祖神とか、そのたぐいの石像を置くのにおあつらえ向きやと思て」

そうなのだろうか。澪にはよくわからない。

「人工的に穿った窪みだってことですか?」と漣が問う。

「いや、自然とできたところを利用しただけかもしれんけど。山の入り口で、境界やろ。五百森家の祖霊社も、山裾の雑木林にあった。おなじようなところに造ったとしたら……」

「でも、石像なら社とは違うんじゃ」

「石像のまわりを祠で囲えばええだけや」

八尋は立ちあがり、前方を眺めた。目の前にあるのは山である。

「祖霊はふだん山に棲むもんやと思われとる。盆になったらおりてきて、また山に戻る」

「山に……」

澪も山の木々を眺める。蝉が鳴き、鳥がはばたき、梢を揺らす。葉擦（はず）れの音がする。陽光が緑をまぶしく照らしていた。

「山に戻れなくなったら……」

澪は五百森家の屋敷を、祖霊社を思い浮かべる。どちらも邪霊の巣窟（そうくつ）になっていた。

――あれは、そういうこと？

「戻れなくなった祖霊が……邪霊となって……」

つぶやくと、八尋がふり返る。

「祖霊の祀りがうまく機能せんようになって、ああいう状態になった――と仮定しよか」

そうすると、と漣が言う。

「うまく機能させたら、もとに戻ると？」

「仮定が正しければ、そうなるやろな」

「祀りがうまく機能しなくなったのは、左苗家の祖霊社を壊したせいですよね。左苗家を村から追い出したことも含まれるのかもしれませんが」

うーん、と八尋は腕を組んで頭上を仰(あお)ぐ。

「左苗家の祖霊社をもとに戻すのも、どこ行ったかわからん左苗家を連れ戻すんも、ほぼ不可能やな」

「じゃあ、どうするんですか」

「いや漣くんも考えてくれや。どないしたらええやろ」

漣は考え込むように黙った。沈黙がおりて、蟬の声ばかり大きく聞こえる。

「みたまのやしろ……」

声を発したのは、波鳥だった。皆の目が彼女に向いて、波鳥は恥ずかしそうにうつむいた。

「波鳥ちゃん、なんて?」八尋がうながす。

「いえ、あの……たいしたことじゃないんですけど……『みたまのやしろ』って、どうしてそう呼んでいたのかなって思って」

「『みたま』は祖霊のことや。『みたまさま』とか呼ばれることもあるな。相当な年数がたつと霊もひとりの個体ではなくなって、祖霊という大きな存在に融合するってことやな。そやから祖霊社は――」

滔々と説明していた八尋は、ちょっと言葉を切った。

「祖霊社はその名のとおり祖霊を祀る社やけど、江戸時代後期以降にできたものが多いて聞くな。五百森家がこの地にやってきたんは戦国時代て話やったから、数少ない例なんか、それとも……」

「もともとはべつのものを祀っていた?」

漣があとの言葉を引き継ぐ。「その可能性もある」と八尋はうなずいた。

「『みたま』は漢字で書いたら御魂。生御魂、死御魂、荒魂、和魂……まあ、魂てことやな。いずれにしても、五百森家と左苗家でなんらかのものを祀ってたと」

八尋はうしろの窪みをちらとふり返ったあと、

「ちょっと五百森家の祖霊社のほう、見てくるわ」

と軽く言って歩きだした。

「えっ、じゃあ、わたしたちも」と澪はあとを追いかけたが、「いや、澪ちゃんはあっちには行かんほうがええやろ」と言われて足をとめる。

「ちょっとたしかめたいことがあるだけや。悪いけど、ここで待っとって」

澪たちに告げて、八尋は走っていった。なにをたしかめるつもりなのだろう。澪は窪みに近づき、八尋がしていたようにしゃがみ込んだ。窪み自体は人工的なものか自然とできたものかわからないが、地面はならして平らにしたような痕跡がある。澪は地面を手で撫でた。

「どうしておたがいの社にお参りなんてしてたんだろうね」

誰に訊くともなしにつぶやく。澪がいちばん不思議に思ったのはそこだった。親族同士ならともかく、出身地がおなじだけの、仲の悪い旧家同士で、なぜ……。

「そういう取り決めだった、って考えるのが自然だろ」

漣が言い、澪はふり向いた。「取り決め?」

「仲がよくもない、親戚付き合いもない家同士が、それでも毎年やらないといけないくらい、強固な取り決め。それをしないと祟られるとか、そういう」

――なるほど。

だが、その取り決めも破られてしまった。左苗家はこの地を去り、五百森家もまた、去ろうとしている。

しばらくして、八尋が戻ってきた。

「これ見てくれるか」

と、携帯電話をさしだす。なにかを撮った写真が表示されていた。

「これは……?」

澪は目を凝らす。暗くてよく見えないが、仏像のようにも見えた。だが――。

「祖霊社の祠の扉を開けて、なかにあったもんを撮ってきた」

「えっ」

罰当(ばちあ)たりな気がするが、そもそも放置されていた社で、このさきもそうであろう。

「仏像……いや、違うか……?　なんの像ですか?」

漣が尋ねる。判じがたいのは、写真が暗いせいもあるが、その像がいびつな形をしているからだ。

「不動明王やろな」と八尋は言う。「左手に持っとるんは索やし、憤怒の形相、光背に火焔……ただ、半分や」

「半分」と澪はその言葉をくり返す。

「右半分はない。これは木でできた像やけど、鉈で割ったみたいに半分しかなかった。虫にも食われてるし、腐っとる部分もあるし、ぼろぼろやな」

澪は再度、写真に見入った。いびつに見えたのは、半分しかないうえ、虫食いと腐食で形が崩れているせいか。

「じゃあ、もう半分は」

漣の言葉に、八尋は窪みのほうを指さした。

「左苗家の祖霊社にあったんやろ。おそらくそれが諍いのときに五百森家によって壊されてしもた」

木像なら、社が壊されたさいに一緒に壊れてしまってもおかしくない。むしろ、それが目的だったのかもしれない。

「おたがいの社にお参りするのが決まりだったのに、相手のほうを壊してしまったのなら、それは……」

澪のつぶやきに、八尋が答える。

「それは、決別やろな。その意思表示。旧家同士の仲違いとか、そんな生やさしいもんと違て、もっと根の深い諍いがあったんやろう。両家がこの土地にやってくる前からの」

これは僕の想像でしかないけど――と断って、八尋は言葉をつづけた。

「五百森氏と左苗氏は、ここに住み着く前、あるいは住み着く場所をさがす途中で、なにかしらの罪を犯した――たとえば、よくある話やったら、裕福な旅人を殺して富を奪ったとか、そういうやつや。この仏像はその旅人が持っとった物で、ふたりは共犯者の証として仏像をふたつに割って保管することにした。おたがいが裏切らんよう監視の意味合いで毎年お参りをするようになった――とかな。まあ想像にしては物騒な話なんやけど。実際にはもっと即物的でなんてことない理由からはじまった慣習かもしれん」

「即物的？」

「単純に、仏像をふたつにしておたがいが持って、ご利益を分かち合おう、みたいな。不動明王てご利益ようけあるからな」

そちらのほうがあり得そうだ、と澪は思う。というよりも、思いたかった。この村に住み着いた当初は両家ともよそ者だったのだから、おたがい協力して、ご利益も分け合おうとするのが人情である気がする。

「――どちらにせよ、両家は袂を分かつことになったわけですよね」

漣がまとめる。そのとおりだ。

「はじまりの理由がなんにせよ、社は両家が祀ることで祖霊社として機能していたんでしょう。それが左苗家がいなくなって機能しなくなった。左苗家の祖霊も五百森家の祖霊も、ともに行き場を失って邪霊と化した。そんなとこですか」

淡々と言う漣に、八尋がうんうんとうなずいた。

「漣くん、まとめるん上手やな」

澪は、高良の言っていたことを思い出した。彼は邪霊の巣窟となっていた五百森家の祖霊社に対して、元凶はここにはない、と言っていたのだ。彼の言うとおり、元凶はあちらではなかった。なくなった左苗家の祖霊社のほうだったのだ。

「それで、どうするつもりなんですか？」と漣が八尋に尋ねる。

「こっちにも祖霊社を復元して祀り直したら、もとに戻るんちゃうかなと思うけど

──」

「誰が祀るんです？」

「五百森さんしかおらんのやけど。する気ないやろなあ」

一応確認してみるけど、と八尋は言う。

「となると……」

「強制的にぜんぶ祓うしかないな」

八尋の言葉に、「ぜんぶ？」と澪は問うた。

「ぜんぶ。ここらに巣くっとる邪霊、ぜんぶやな」

「でも、なんというか……もとはご先祖の霊なんですよね？　五百森さん……依頼人の」

それに、五百森家の屋敷には依頼人の祖父の霊もいた。あれも含めてか。

「そやから、その辺も五百森さんに確認するけどな。まあ、こういう場合だいたい『お願いします』やで。先祖の霊や言うても、そら生きてる人間の生活のほうが大

事やからな」

電話してくるわ、と言って八尋はその場を離れた。

「ぜんぶ祓うとなると、骨が折れるな」

漣がぼそっと言った。澪はふり返り、漣の顔を眺める。

「なんだよ」

「……漣兄、最近おとなしくない？」

「は？　なんだそれ」

「わたしに対してうるさくないっていうか……小言が減ったというか」

「うるさいほうがいいのか？」

「そうじゃないけど。なんでかなって」

漣はさきほど澪がしたように、澪の顔を眺めた。

「べつに。なに言ったところでおまえはおまえのやりたいようにやるだろうし、無駄だと思っただけだ」

その言葉を額面どおりに受けとっていいのかどうか、澪には判じかねた。やりたいようにやればいい、ということか——と思うのは、曲解だろうか。

「俺もやりたいようにやる」

漣はそう言い、そっぽを向いた。

漣兄、と声をかけようとしたところで、八尋が戻ってくる。

「やっぱ、『なんでもいいから祓ってください、お願いします』やとさ」

携帯電話をポケットにしまっている八尋に、漣が向き直る。

「手分けして祓いますか？」

「そやな、ちまちまと」いったんそう言った八尋だが、ちらと澪を見る。

「それか、修行を兼ねて、一網打尽にしてみる？　澪ちゃん」

一網打尽？　と澪は首をかしげる。「そんなの、どうやって……」

「ひとところに集めて、澪ちゃんが祓う」

「八尋さん――」漣が眉をよせてなにか言いかけたが、結局口を閉じた。

「心配せんでええ。試しにやってみて、無理そうなら僕と漣くんで祓う。どうや？」

八尋は笑みを浮かべ、漣は不安そうな顔をしている。ふたりの顔を見比べて、澪は、「やります」とうなずいた。

「波鳥ちゃん、大丈夫？」

澪は五百森家の屋敷に向かっていた。かたわらには波鳥がいる。すこし離れたうしろを八尋と漣がついてきていた。

「はい」と波鳥は笑顔を見せる。澪が邪霊を祓う——つまり神を降ろすとなると、いざというとき波鳥にそばにいてもらわないといけない。だが波鳥自身は邪霊を祓えないので、危険なのだ。八尋と漣が守ってくれると思うが、心配である。

五百森家の屋敷に着くと、澪はポケットから鍵をとりだした。八尋から渡されたこの家の鍵である。玄関に歩みより、鍵穴に差し込む。この扉の向こうにいるものが脳裏によみがえり、あわてて頭から押しのけた。怖がっている場合ではない。これからもっと恐ろしいことをしようというのに——。

澪は玄関の引き戸を開けた。その途端、固まってしまう。

目の前に、寝巻姿の老人が立っていた。水色のチェック柄の寝巻に、頭髪のほとんどない頭、落ちくぼんだ目は黄色く濁っている。その目は澪を見ているようで、見ていなかった。わずかに開いた口から、声が発せられる。

「ミーンミンミンミン」

蝉の鳴き声だった。老人の口から、ぞろりと蝉が這い出す。つぎからつぎへと。這い出た蝉は熱に溶けるように姿を変える。黒い陽炎となり、焦げ臭いにおいを放つ。その陽炎が、澪のほうに向かって飛んでくる。澪は波鳥の手をつかみ、きびすを返して駆けだした。玄関は開け放したままだ。澪は走りながらちらと背後をふり返る。黒い陽炎は澪を追ってきていた。そのあとから、老人もまたよろよろと傾きながら追ってこようとしている。

――よし。

あの屋敷にいる邪霊は、よそ者をひどく嫌っている。身内なら害はないが、よそ者であれば襲いかかってこようとする。だが、屋敷から出てきてまで追ってこようとはしない様子だったので、あえて自分自身を餌にしてみたのだ。結果、食いついた。邪霊たちは屋敷を離れ、澪を追ってきている。

八尋と漣に合流し、一緒に走る。目指すのは五百森家の祖霊社である。

邪霊は黒く大きな塊となって、澪たちを追いかけてくる。老人の姿はとうに呑み込まれてしまっていた。黒い塊からひとつ、ふたつと抜け出した虫のようなものが迫ってくる。それを白い狐と狼が嚙み砕き、蹴散らした。八尋と漣の職神たちだ。

「細かいやつは僕らで追い払うから、気にせんと走って」

八尋の言葉に澪はうなずき、ひたすら走った。広がる田んぼに晴れ渡る空、あたりの風景はいたってのどかである。山の手前、雑木林が見えてくる。藪を体で押し分け、落ち葉を踏みしめ、澪は波鳥とともに祖霊社を目指した。

「あった……！」

竹垣に囲まれた祠が木々の向こうにある。木々のあいだを縫って駆け抜け、竹垣のなかへと飛び込んだ。立ち止まると汗がどっと噴き出て、首筋から熱が立ちのぼる。汗をぬぐう暇もなく、澪は祠の周囲を眺めた。黒い陽炎がたゆたっている。うしろをふり返った。八尋と漣が駆けてくるその背後に、邪霊の塊がある。

邪霊をひとところにおびき寄せ、一網打尽にするという八尋の作戦は、澪が一網打尽にできなくては失敗に終わる。

澪は波鳥の手を離し、祠に向き直った。息を整え、鼓動が静まるのを待つ。自分の呼吸に耳を澄ます。周囲で鳴り響く蟬の声が遠くなる。

目を閉じた。木漏れ日が瞼の向こうにある。空から降りそそぐ陽光が澪の瞼に、頬に触れている。澪は自分の心が頭上に、空高く引き寄せられるのを感じた。

「雪丸」

澪がその名を呼ぶと、どこからともなく白い小さな狼が現れる。雪丸は軽やかに宙に飛びあがり、くるりと回ると、鈴に姿を変えた。

鈴の音が鳴る。ほかの音は消えてなくなる。あたりには白い光が満ち、澪は自分がどこにいるのかもわからなくなる。こういうとき、体は光に溶けて、ひとつになっているように思えた。邪霊のことさえ、頭から消えている。ただ光が満ちている。

澪に引き寄せられてきた邪霊たちは、祠のまわりにいたものも、屋敷にいた大きな塊も、一瞬のうちにかき消えた。目を閉じている澪は、その光景が見えていない。邪霊が消えても、澪の意識は光のなかを漂い、肉体が遠かった。

ぎゅっ、と強い力で手が握りしめられて、澪ははっと目を開ける。体が傾き、足を踏みしめてこらえた。それでようやく、肉体のありかを思い出した。何度かまばたきをくり返し、深呼吸して、澪は周囲を見まわした。すぐ隣に波鳥の顔がある。澪の手を握ったのは、波鳥だった。

「大丈夫ですか、澪さん」

心配そうに澪の顔を覗き込んでいる。

「――うん。大丈夫」

すこし間を置いて、澪はうなずいた。安堵の息を吐く。

「ありがとう。大丈夫」

さきほどよりもしっかりとした声が出る。想定していた以上に、波鳥がいてくれてよかった、と思う。

八尋と漣が駆けよってくる。「澪ちゃ――」八尋の声が聞こえたと同時に、そばで大きな物音がして、澪と波鳥はそろって跳びあがった。

ふり向けば、祠が崩れ落ちている。石の台の上に、祠だった木片が積み重なっていた。ただ崩れたわけではなく、粉々に砕けていた。八尋がそれらの破片をすこしかき分ける。不動明王像もまた、原形をとどめぬほどに砕けていた。

「……これは焚きあげて……、いや僕がやるよりご住職にお願いしたほうがええかなあ……」

破片をつまんで八尋がつぶやいている。

澪はあたりを見まわす。蟬の声が降るように響いている。緑の陰が濃い。木々のあいまに、高良の姿をさがしていた。どこにもいない。

頭上を見あげる。高良がいないなら、彼の職神である烏がいないかと、枝にその姿をさがした。

烏もいない。

あたりにはただ、蟬の声と緑のにおいが満ちているだけだった。

くれなゐ荘に帰ると、澪はシャワーを浴びてから自室に引っ込み、扇風機の前に寝転んだ。ゆるい風と畳のにおいが心地よい。投げだした足に、ふわふわとやわらかな毛があたる。照手がやってきたのだろうか。あるいはまさか、雪丸か。たしかめようにも、全身が怠くて起きあがれなかった。

ミシッ、と音がする。家鳴りではない。床を踏む足音だ。この部屋は畳敷きで、板間ではないのに、どうしてそんな音がすぐそばでするのだろう。そんな疑問も、眠気が勝って奥に沈んでしまう。

頭のうしろ。すぐそばに、誰かが立っているような気配がする。いいものではない。抗えぬ眠りに朦朧としながら、肌でそう感じとる。鳥肌が立っている。澪は起きなくてはいけない。そう思うのに、眠くて怠くて起きられない。

立っている何者かが、足を持ちあげた。前に進もうとしている。だが、前には澪の頭がある。このままでは踏まれてしまう。動かないと。それなのに、体が動かない――。

足にあたっていたやわらかな毛が動いた。パシッ、と窓に虫があたって落ちるような、そんな音がした。その瞬間、何者かの気配が消えた。

澪はいまにも深い眠りに入ってしまいそうになりながら、なんとか瞼をこじ開けた。目の前には狸がいる。こちらに背を向けて――正確には尻を向けていた。やはり照手だ。

――照手。どうしたの……。

その問いかけは声にならず、澪は眠りに落ちていった。

殯宮（もがりのみや）

「心霊スポット?」

また馬鹿なことを言いだしたな――と、漣は出流の顔を眺めた。夏休み明けに提出しなくてはならないレポートがあるので、出流の部屋で手分けして文献を読みあさっているところだった。

「そんないやそうな顔せんでもええやん。せっかく夏休みなんやし、遊びに行こ」

「心霊スポットにか?　なんでわざわざそんなとこに行かなきゃならないんだ。誰が行くか」

「いやいや、俺は麻績くんのために提案してんねんで」

「俺のため?」

出流はへらへらと笑っている。なにを考えているのか読めない。

「幽霊でもおったら祓う練習台になるやん。はよ一人前の蠱師になりたいんやったら、経験積むのがいちばんやで」

漣はうさんくさい思いで出流を見やる。

「なんか疑うてる?　企みとかないで。こないだかて協力したやん、俺」

原谷の幽霊屋敷に行った際のことである。たしかにあのとき出流には助けられた。

「麻績くんは友達やから、悪いことはせえへんよ。単純に、夏休みやからどっか遊びに行きたいなあていうのと、ついでに麻績くんのためになったらええかなて思ただけ」

「ついでかよ」

「そらそやろ。一から十まで麻績くんのためやったら逆に怖いやん」

「そうだけどさ……」

出流はあっけらかんとしている。よくも悪くもつねにそういう態度である。底意は知れないが、そう悪い男ではないことも漣はすでに知っている。

「……行ってなにもなかったら、このクソ暑いなか、ただの無駄足だろ」

「なんもなかったらただの遊びや」出流は笑う。「山のなかやで涼しいで。避暑や、避暑」

「山のなか？　どこだよ」

登山は面倒だな、と思う。そう思う時点ですでに半分行く気になっていると漣は気づいていない。

「皆子山。京都府最高峰。言うてがっつり登山するわけと違て、その途中にある集落な」

出流はうしろに積んである本の上から、地図をとって広げる。部屋は畳敷きの六畳一間、隣に台所があるが、どちらも物がすくない。家具といったら卓袱台ひとつきりで、ベッドも本棚もない。押し入れにしまうのも面倒なのか、布団はたたんだだけで部屋の隅にほったらかしてある。あまりに殺風景で出流らしくないように思えるが、実際にはこれが彼の内面なのかもしれなかった。

「大原のさらに北、滋賀と京都の境やな。虎ノ尾てところ」

出流の指が京都の市街地からずっと北のほうへと進み、『皆子山』と書かれた山の近くでとまる。

「お祖母さんがここの出身やていう学生とこないだ会うてな。話を聞いたんや。幽霊が出るんやと……」

出流はうっすらと笑った。楽しそうな笑みだった。

澪はその日、くれなゐ荘の居間でかき氷を食べていた。パックに入った練乳あずきのかき氷である。隣には波鳥がいて、彼女の前にはいちご味のかき氷があった。波鳥はぼんやりとして、かき氷をつつくばかりでほとんど口に運んでいない。

「波鳥ちゃん、溶けるよ」

声をかけると、波鳥はきょとんとした顔で澪のほうを見る。

「かき氷」と言葉を足すと、「あっ」とあわててスプーンで水っぽくなったかき氷をすくった。

「心配事でもあるの?」

「いえ……」

そう答えるも、波鳥は浮かない顔でかき氷を食べている。澪はその顔を眺めた。波鳥が気に病む事柄といったら、限られている。

「お兄さん、まだ連絡とれないの?」

はっとした様子で波鳥は顔をあげた。小さくうなずく。

「……わたしも高良に訊いてみようと思ったんだけど……」

会えていないのだ。睦原村で一度会ったきり、その辺をうろついていても、高良が現れることはなかった。彼の職神である烏の姿も見ない。

——なんだろう。いやな感じだ……。

しかと言葉にはできない不安感があった。ひたひたと足もとに水が迫るような。

「なんや、澪ちゃん。難しい顔して」

八尋が居間に入ってくる。手には宇治金時のかき氷があった。

「麻生田さん――」

澪は、八尋ならなにか良案を出してくれるだろうか、と青海と連絡がとれない旨を話した。

「そら心配やな」話を聞いて開口一番、八尋は言った。「青海くん、真面目で律儀なひとやろ。それが妹を心配させるくらい連絡よこさへんて、まあおかしいて思て当然やわな」

八尋はまだ固くてスプーンの入らないかき氷をにらんで、腕を組んだ。

「それくらい忙しいんか、電波の届かへんとこにおるか、スマホ落としたとかで連絡する手段がなくなったか、連絡する自由がなくなっとるか……」

不穏なことを言う。波鳥が泣きそうな顔をした。八尋はひらひらと手をふる。

「可能性を挙げただけやから。心配しすぎると体にようないで、君はあんまり考えんとき」

波鳥にそう言い、八尋は澪に顔を向ける。

「澪ちゃん、高良くんとは連絡つかんの？」

「最近、会えてません。職神の姿もないし」

「ほな、八瀬に行こか」

え？　と澪と波鳥はそろって声をあげた。八瀬には高良の住む屋敷がある。

「高良くんのおるとこに青海くんもおるやろ。八瀬に行ってみよ。八瀬のどこに屋敷があるんか知らんけど、僕の職神使てさがしたらええわ」

「麻生田さん……！」

今日ほど八尋が頼もしく見えたことはない。

「いや、なんで『見直した』みたいな顔しとるん？　僕、今までそんな頼りなかった？」

「そういうわけじゃないですけど、今までいちばん、しっかりして見えます」

「褒められとるんかな……？」

微妙な顔をしている八尋をよそに、澪は波鳥をうながして出かける準備をはじめた。

結果として、八瀬での探索はうまくいかなかった。八尋の職神たちは山中にある高良の屋敷を見つけることができなかったのである。

「さすがに、うまいこと隠してあるみたいやな」

木陰の落ちる山道で、汗をぬぐい、八尋はため息をついていた。

「澪ちゃん、いっぺん屋敷に入ったことあるんやろ？　なんか目印になるもんとか覚えてへん？」

澪は首をふる。「屋敷のなかと庭くらいしか見てないので……」

外の景色を見ていたら、山中といえど方角の見当くらいついたかもしれないのだが。

「向こうも、澪ちゃんがさがしとることはわかっとると思うんやけどなあ。出てきてくれへんかな」

「前なら、渋々でも出てきてくれてたんですけど」

――それが、今は現れてくれない。

どうしてだろう。なにが起きているのだろう。得体の知れない薄気味悪さがある。

「青海さんのほうを職神でさがすのは、できないんですか?」

やらないのはできないか難しいかだろうと思っていたので訊かなかったが、一応、澪は訊いてみた。

「めっ……ちゃくちゃ時間かかるうえに結局見つからんかもしれん。場所がある程度限定されてたらええんやけど、広範囲やとな」

『……』にかなりの間が空いたうえ力が籠もっていたので、相当難しいのだろう。

では、あとどういう方法をとればいいのか——。

「……一度、和邇の本家のひとに訊いてみます」

波鳥がか細い声を発した。彼女もまた汗びっしょりになっているが、顔は青白い。和邇家の人間を恐れている。青海の居所はもちろん和邇家に訊けば早い。しかし澪も八尋もその案を口にはしなかった。波鳥がどういう扱いを受けていたか知っているし、訊いたところで教えてくれるとは限らない。

「本家ちゅうか、青海くんの同僚みたいなひとはおらんの?」

「同僚……は、いますけど、連絡先を知りませんし、みんな和邇の親戚筋ですから」

「ああ、そうか。ほんならその線はあきらめよ。訊いても教えてくれへんやろ」

あっさりと八尋は却下した。でも、と青い顔をうつむける波鳥の肩を澪はポンとたたく。

「最終手段があるよ」

高良と会う方法。必ず高良が澪のもとへ駆けつけてくれる手段。

澪が命の危機にさらされることだ。もしそれでも現れなかったら、ほんとうに緊急事態である。青海だけでなく、高良にもなにかあったことになる。

問題は、どうやってその状況に持っていくかだ。

「ひとまず、いったん帰ろか」

八尋が空を見あげて言う。「そろそろ日没の時刻や」

陽は長いように思えて、夏至を過ぎてすこしずつ短くなっている。宵闇が広がりだすとあっというまで、冷ややかな陰がそこかしこに忍び寄る。冬至に向かって、日一日と邪霊の力が強まってゆく。

——だから、高良は弱ってはいないはずだ。

夏至の前とは違う。

澪はまだ明るさを保っている空を眺めた。知らずしらず、こぶしを握っていた。

「みんな汗だくやないの。シャワー浴びて着替えといで」

帰宅した三人の姿に玉青が驚き、あわててタオルを持ってくる。順番にシャワーを浴びて、澪はTシャツと短パンに着替えると、波鳥とともに居間で扇風機にあたった。生き返る心地がする。八尋は髪を拭きつつビールを飲んでいる。その八尋に波鳥は畳に手をつき、深々と頭をさげた。

「麻生田さん、ありがとうございました」

「いやいや、結局見つけられへんかったし、すまんな」

「いえ、そんな」

波鳥と八尋がそんなやりとりをしていると、漣がやってきた。漣は出流と課題をするとかで午前中から出かけていたが、さきに帰っていたようだ。

「青海さんをさがしに行ってたんだろ？　見つかったのか」

「ううん」澪は首をふる。「高良も出てこないし……」

「へえ」漣は何事か考えるように顎に手をあて、沈黙する。

「漣兄は、課題終わったの？　レポートだっけ？」

「一日で終わるようなもんじゃない。——明日、皆子山のほうに行くけど、おまえも来るか?」

唐突に、漣は言った。澪はぽかんとする。

「え? なに? 山?」

「山だよ。大原よりずっと北のほうの。京都府最高峰だとか言ってたな」

「登山はちょっと」いまも八瀬の山から帰ってきたばかりである。「それに、なんでわたしを誘うの?」

「登山はしない。『山のほう』と言っただろ。その山近くの虎ノ尾って集落に、幽霊が出るんだと」

いささか投げやりにも思える調子で、漣は言う。

「幽霊……」

「おまえがそういうところに行けば、高良も——青海さんも、やってくるんじゃないか?」

澪は驚いてしばらく言葉が出てこなかった。漣がそんな提案をしてこようとは思ってもみなかったのだ。高良を嫌っているのに。

――ああ、青海さんのためか。

波鳥が連絡のとれない兄に不安でいっぱいなのは、漣もよくわかっている。そのためだろう。

「じゃあ、波鳥ちゃんも――」

「ちょい待ち」八尋が待ったをかける。「漣くん、それ、日下部くんが持ってきた話とちゃう?」

「そうですけど」

「『そうですけど』て」

「あいつのことは、疑っても切りがないんで」

漣の返答に、八尋は『へえ』と言いたげな顔をした。

「ほな、僕も行くわ」

と、八尋はビール缶を持った手をあげる。「保護者として」

「はあ……べつにかまいませんけど」

漣はいやそうな表情を隠そうともしない。

「ほな、明日は五人で皆子山行きやな。詳しい場所とその幽霊の話とやら教えて」

漣は携帯電話を操作して地図を表示すると、卓袱台の上に置いた。

「日下部が、この虎ノ尾ってとこ出身のお祖母さんがいる学生から聞いた話だそうなんですが――」

山間にある虎ノ尾という集落には、氏神を祀る神社がひとつある。そこに女の幽霊が出るという。その幽霊は妊婦に祟るそうだ。

「妊婦じゃない女性には祟らない。幽霊の曰く因縁も伝わってない――か」

運転席の八尋がつぶやく。

漣から話を聞いた翌日、澪たちは虎ノ尾に向かっていた。漣はもともと出流の車に乗って行く予定だったので、八尋の車には澪と波鳥だけが乗っている。

「なんで神社なんやろな。それに妊婦に祟るんやったら、難産で死んだ女の霊やとか因縁話がくっついてそうなもんやのに」

「麻生田さん好みじゃなさそうですよね。仕事でもないのに、よかったんですか」

澪は後部座席から尋ねる。はは、と八尋は笑った。

「蠱師はフットワークが軽くないと。いつなにが仕事につながるかわからへん。あとは、まあ、青海くんの件は僕も気になるし。これで高良くんが出てきてくれたら助かるな」

波鳥が頭をさげる。「すみません……ありがとうございます」

「固い、固い。ええよ、こんなん。波鳥ちゃんはもっとみんなに寄りかかったほうがええで」

軽い口調に、波鳥は戸惑った顔をしている。

「いえ……でも、迷惑はかけられませんから」

迷惑なんかじゃないよ、と言っても、波鳥は信じないのだろうと澪は思う。そういう生きかたを強いられてきた子だ。

「その理屈だと、わたしも波鳥ちゃんに迷惑をかけられなくなるよ」

澪が言うと、波鳥はあわてた様子で、

「そ……そんなことは……」

「そういうのって、しんどくない？」

「で、でも……」

「頼ったり、頼られたりするほうがおたがい楽でしょ。解決も早いし、無駄がないよ。そもそも迷惑かどうかを決めるのは、かけるほうじゃなくてかけられるほうだから」

波鳥は黙り、シートベルトを握りしめた。

「……あの、でも、それで……わたしのこと、き、嫌いになったり、しませんか」

消え入りそうな声で言う波鳥の顔は、いまにも泣きだしそうだった。澪は驚いて、とっさに手を伸ばしていた。

「ならないよ」

澪は波鳥の手をとり、ぎゅっと握った。波鳥の手は澪より小さくか細く、指先が冷たい。その指先をあたためるように、手のなかに包んだ。

「若いってええなあ」と、八尋はほほえんでいた。

国道から脇道に入ると、いくつかの橋を渡る。渡るたびに道は細く、勾配がきつくなってくる。ときおり木々のあいまにふもとの街並みが覗くほかは、緑とその濃い影に覆われ、昼間だというのに道は暗い。かと思えば急に木々が途切れ、まばゆい陽光に目が眩む。さきを行く出流の車も、八尋の車も、速度を落としてゆっくりと走っていた。やがて視界が開け、山間に集落が見えてくる。瓦葺きの古い民家が斜面の手前に建ち並び、平地には田んぼが広がっている。二台の車は坂道をくだり、集落へと入っていった。田んぼ沿いに道はつづいている。暑いさなかに歩いているひとも、井戸端会議をしているひともいない。あたりは静かなものだった。おそらく窓を開ければ、蟬の声がうるさいだろうが。

車は集落の外れあたりでとまる。そのさきに神社の鳥居があった。木造の古い鳥居だ。斜めに傾いていて、強い風でも吹けば倒れそうである。周囲には鬱蒼とした木々が生い茂っていた。

澪は車から降りて、鳥居に近づく。いまにも壊れそうな鳥居なので予想していたが、社殿もなければ社務所もなく、ただ小さな祠と古ぼけた賽銭箱があるだけだった。祠も賽銭箱も、手入れが行き届いている様子はない。しかし祠の前に水と榊は供えてある。

「信心深いお年寄りか、町内会の当番とかでとりあえず維持はされとる、って感じやな。こういうとこ、けっこうあるで」

八尋が言う。

「しかし……」ぐるりと境内を見まわす。澪もつられておなじようにあたりを眺めた。

「漣くん」八尋はふり返る。漣も境内の様子を眺めていた。「神社って、ここで合っとるん？」

漣は出流のほうに視線を向けた。出流が「合ってますよ」と答える。

「せやけど、幽霊、おらへんやん」

澪は祠を見やり、蟬の鳴き声が降ってくる木々を見あげた。幽霊の気配はしない。邪霊のにおいもしない。

ここに幽霊はいない。

「たしかに出るて聞いたんやけどなあ」

首をかしげている出流を、漣はじろりとねめつける。

「やっぱり騙したんじゃないだろうな」

「すぐ俺を疑うんやから。昨日も言うたけど、そんなんせえへんて。いまさら俺に麻績くんを騙すメリットないやん。妹さんらまで呼んだんは麻績くんやし」

「どうだか……」

漣はまだ疑わしげな目を向けている。出流はめずらしく苛立ったような表情を見せた。

「麻績くん、そんな頭ごなしに疑われたら俺かて腹立つわ。俺はたしかに話を聞いたし、騙したりしてへん」

出流の強い口調に漣はたじろいでいる。

「まあまあ」と割って入ったのは八尋である。

「ここ、いちおう管理はされとるみたいやから、その辺のひとに話訊いてみよ。それでなんかわかるかもしれんやろ」

出流はそっぽを向いたが、漣は「はあ」とうなずいた。へらへらしてつかみどころがないと思っていたが、案外感情的になるひとなのだろうか、と澪は出流を見て思った。漣は押しに弱いので、強気に出られると途端に引き気味になる。

澪と波鳥は、八尋のあとについて鳥居の外に出る。三人はいちばん近い民家に向かって歩きだした。ちらりとふり返ると、漣はまだ境内にいて、出流となにか話しているようだった。

胡瓜や茄子がたくさん生っている畑の隣に、その民家は建っていた。押しボタンがついているだけの古い呼び鈴を押すと、なかでブザーの音が鳴り響くのが漏れ聞こえた。住人が老人であれば玄関を開けるまでは時間がかかるだろうと、しばらく待つ。

「はい、はい、いま開けるで」という声が近づき、引き戸が開けられた。三和土に立っているのは、ひまわり柄のエプロンをつけた老婦人だった。七十代くらいだろうか。髪は白いが肌はつやつやとしている。澪たちを見て目を丸くしていた。

「役場のひと？　いつものひとと違うけど」

「いえ、観光客みたいなもんです」

八尋はそう言って笑った。

「観光？　こんなとこ、なんもないやろに。てっきり役場の介護係のひとかと思たわ」

『役場の介護係』というのが澪にはよくわからなかったが、お年寄りの家庭にはそういう係のひとが訪問するものなのだろう、と思った。

「観光ていうか、この子らの夏休みの課題で、観光地と違てこういうとこの見所みたいなもんを調べようてことで。あ、僕はこの子らの親戚のおじさんです。保護者がついとらんとあかんもんで」

『この子ら』と八尋は澪と波鳥を示し、もっともらしい説明を淀みなくしゃべる。よく聞けば説明はかなりあいまいなのだが、八尋の飄々とした雰囲気が疑問を押し流してしまう。

「へえ、見所なあ。なんもあらへんけど」

信じたらしい老婦人は頰に手をあて、『見所』を考えてくれているようだった。

「あっちに、神社があるみたいでしたけど——」

八尋は神社のある方角を指さす。

「ああ、あれな。神明社や。天照大御神を祀ってるんよ」

老婦人はうなずき、そう言った。

「大きな神社やないけど、みんなで交代で掃除したり、お水供えたりしてるんよ。もうだいぶ古なって、あちこち修繕せなあかんのやけどなあ」

なるほど、と八尋は相槌を打ちつつ、

「あの神社、『出る』って噂はないですか」

両手をだらりと前に垂らし、幽霊を示唆する。

「神社に?」けげんそうに老婦人は眉(まゆ)をひそめる。「そんなん、聞いたことないわ」

「ちょっとそういう噂を耳にしたんですけどね。女の幽霊が出て、妊婦に祟るとか」

「いややわ、誰がそんな噂広めるんやろ。あれはもう――」

言いかけ、老婦人は口を押さえて黙る。

「『あれ』?　ご存じなんですか、幽霊話」

「知らへんよ。知るわけないやろ。そんな話訊きたいんやったら、ほかあたり。私は知らへん」

ぴしゃりと引き戸が閉められた。澪たち三人はぽかんとして、おたがい視線を交わす。

八尋は頭をかいて、

「……ほな、よそあたろか」

あっさり玄関の前を離れる。そのあとを追いながら、澪は「なにか知ってそうでしたね」と家のほうをふり返る。

「知ってても、ああなったら頑(がん)としてしゃべってくれへんわ。なんか具合の悪い話なんやろな」

「具合の悪い、って……？」

「さあ。それはほかのひとがしゃべってくれな、わからんけど」

そんなことを、しゃべってくれるひとがいるのだろうか。澪がそう思ったとおり、ほかの住人に訊いても反応は似たり寄ったりだった。

「神社の幽霊？　そんなん、聞いてどないするんや」

と、つぎに訪ねた家の住人は澪たちを追い払い、

「知らん、知らん。そういう話はな、女に訊いてくれ」

そのつぎに訪ねたさきでは老人が邪険に手をふった。

――女に？

「『女に訊いて』って、つまり、女性陣なら詳しく知っとるていう意味ですか？」

八尋がさらに問うと、

「そらそうや。わしにはわからん」

老人は渋面になる。奥に引っ込もうとするのを八尋は引き留め、

「女の幽霊やからですか？　妊婦に祟るていうし、この地域でも祟られたひとが出たとか――」

「祟られたかどうかは知らんけど、縁起が悪いやらなんやら言うて、取り壊したさかい」

「え？　取り壊したって、神社をですか」

「神社やあらへん。神社のそばに産屋があったのを、取り壊したんや。それでもう終わったさかい、幽霊なんてもんは出るはずない」

　それだけ言って、またも玄関の戸はぴしゃりと閉じられた。

「……うぶや？」

　澪はその意味がわからず、八尋を見あげる。

「産屋ていうのは、お産をする小屋のことや。出産のために妊婦が籠もる。——いったん、神社へ戻ろか」

　八尋は澪と波鳥をうながし、来た道を戻る。

「昔は産屋が日本各地にあった。京都の天田郡……いまは福知山市やったか、そこの大原てとこに、産屋が残っとる。大正時代まで実際出産のときに使われとったそうや。出産では使われんようになったあとも、昭和三十年頃までは産後の数時間、その産屋に入って休むて慣習が残っとったていうから、ずいぶん大事な慣習やったわけや」

へえ、と澪は思っただけで、それがどういったものかいまいちピンとはきていない。

「神話にありますよね」

と、波鳥が言った。「産屋を造って、そのなかで出産するっていう……」

「そうそう、木花之佐久夜毘売（このはなのさくやひめ）とか、豊玉毘売命（とよたまひめのみこと）とかな」

八尋の神話についての講釈を聞いているうち、神社に着く。漣と出流の姿はない。別方向へ聞き込みに行ったのだろうか。そう思っていたところに、携帯電話に着信があった。漣からである。

「漣兄？　どこにいるの？」

と訊くと、

「おまえたちはどこにいるんだ？」

漣に問い返された。

「神社に戻ってきたけど」

「じゃあ、神社の裏手のほうまで来てくれ」

「裏手？　なんで」

漣は端的（たんてき）に、

「邪霊がいる」

と言った。

漣は澪たちが神社を出ていったあと、出流とその場に残った。気まずい思いで出流に声をかける。

「……じゃあ、澪たちとは違う方面に話を訊きに行くか」

「せやな」

出流の声がいつもの調子だったので、いくらかほっとする。だが、顔を見ることができない。

「麻績くんさあ、なんでそうあっさり引くん？　ほんまに俺が騙してるかもしれへんのに」

笑みを含んだ声に、漣は思わず出流の顔を見た。出流は軽薄（けいはく）な笑みを浮かべている。

「もっとひとを疑（うたご）うたほうがええよ」

「疑ったら腹立てただろうが。なんなんだよ」

「いや、せやからそれで疑うのやめるって他人を信じすぎやろ」

「疑われたいのか疑われたくないのか、どっちなんだよ」

出流はしばし黙り、考えるように漣から視線をそらした。

「うーん……そら、麻績くんに疑われるのはいややけど」

「だったら、疑わない。それでいいだろ」

きっぱり言うと、出流は漣の顔に視線を戻して、じっと眺めた。

「よくはないんちゃうかな」

あきれたように出流は言い、ほんのすこし、困った笑みを見せた。

「知るか。おまえと話してると頭がこんがらがってくる」

「ああ、騙してへんのはほんまやで。信じて」

軽い口調で言ってくる。そういうところがだめなんだ、と思うが、彼はわかってやっているのだろう。信じてほしいが、信じてもらえなかったら傷つくから、そんなふうに言う。すこしずつ、わかってくる。

——さっきは、俺に疑われて、ほんとうに傷ついたのだろう。

とっさにうわべを取り繕えないくらいに。

「……頭から疑ってかかって、悪かったよ」

そう謝ると、出流はまた困った顔で笑った。

「そんなん、べつに……」

いつになく歯切れ悪く、ぼそぼそと言う。こいつでも言葉に詰まることがあるんだな、と漣は思った。

漣は鳥居をくぐり、神社の外に出る。神社を取り囲む森の裏手にも民家がちらほらと見えるので、そちらに向かうことにした。舗装されていない砂利道が奥につづいている。森と民家までの間隔は開いており、あいだには草の生い茂る空き地があった。

「なんでここ、空き地になってるんやろ」

出流の言葉を聞くと同時に、漣は足をとめていた。

空き地には、草の生えていないところがあった。六畳ほどの大きさだ。小屋でも建っていた跡だろうか、と思う。

そこに、黒く揺らぐ陽炎があった。

電話を受けて澪たちが漣のもとへ急ぐと、焦げ臭いにおいが鼻をついた。

空き地に邪霊の姿がある。直立した人間くらいの大きさがある邪霊だが、人間の姿はもはやしていない。ただ黒い陽炎のようにそこにあるだけの存在だった。暗く淀んだ気配がする。朽ちた木の洞のようにぽっかりと黒く、そのなかはぐずぐずに腐って黴が生えている——そんな気配だ。

「ここ……産屋の跡か？」

八尋がつぶやいた。

「産屋？」と、さきほど澪たちが住人から聞いた話を知らない漣が、けげんそうにする。

「幽霊が出るていうんは、『神社』と違て、『神社の裏』とか、『神社の近く』とか、そう言うてたんとちゃうか？」

八尋は出流に向かって尋ねる。出流は心許ない様子で、「そう言われたら、そうやったかも……」と答えた。

「神社のほう、とかそんなんやったかな？」

「いいかげんだな」

漣があきれるが、

「『裏』とか『近く』とか言われたら覚えてるけど、

「『神社のほう』やったら『神社』やと思うやん」

出流は悪びれたふうなく肩をすくめる。

「もういっぺん、その話をしてくれた学生さんに確認したほうがええやろな」

八尋が言い、漣はうなずいて、出流のほうを向く。

「その学生のとこ、つれてけよ」

「いまから？　ぞろぞろとみんなそろって？」

「いや――」漣は八尋と澪のほうをちらと見て、「確認だけなら、俺だけでいいだろ」と勝手に決める。わたしも行く、と澪が言おうとしたのを察したように、「ほかにもやることあるだろ」とそっけなく言った。

ほかにも、と言ったら――澪は空き地のほうを見やる。邪霊は澪に襲いかかってくる様子はない。なにかほかに執着があるのだ。

襲ってこないのであれば、高良はやってこないだろう。目的のひとつが失われてしまった。澪は波鳥のほうを見やる。波鳥は不安そうな目をしながらも、ちょっと笑った。

高良が来ないからといって、じゃあこの件はもういい、とは言えない。漣は修行のために祓うつもりだろう。それなら澪もそうする。その過程で高良が現れるかもしれないし、もしかしたら高良とともに青海だってひょっこり顔を見せるかもしれない。いまはそう期待するしかない。

「神社のそばに産屋があって、縁起が悪いからと取り壊した。それで終わったから、幽霊なんて出るわけない。――近所のおじいさんがそう言うとった」

八尋は腕を組んで邪霊を眺めている。

「もうちょっと詳しい話を聞けたらええんやけどな。おそらく産屋がかかわっとるやろうから」

「でも、いきなりよその人間相手に話してくれそうにはないですよね」

澪が言うと、うんうんと八尋はうなずく。

「まあ、ちょっとその辺の口実は考えるわ」

「麻生田さんがですか？」

仕事でもなく、青海をさがす目的も失われたのに——と思っていると、

「乗りかかった船やしな。興味もあるし。使えるもんは使たほうがええで、澪ちゃん」

八尋は笑う。なんだかんだで面倒見のいいひとなのだ。澪は「ありがとうございます」と頭を下げた。

「学生さんの話も確かめなあかんし、今日のとこはひとまず帰ろ」

そう言って八尋は両腕を伸ばし、息をつく。「途中でなんか甘いもんでも玉青さんへのおみやげに買うてこか」

「あ、それやったら、ちょっと寄り道していきませんか」

出流が口を挟んだ。

「ええ店知っとるん？」

「まあ。おみやげになると思います」

出流はにこやかに笑っている。彼がよく見せる、得体の知れない笑みだった。

車は曲がりくねった峠道を進んでいる。すこし前に県境を越え、滋賀県に入っ

たことをカーナビが案内していた。もともと県境に近い位置にいたので、そこまで遠い距離を走ってきたわけではない。とはいえ、いったいどこへ向かおうというのか。澪は落ち着かない気持ちで後部座席からカーナビの画面を眺める。八尋の車は出流の車のあとをただ追っていた。

「『おみやげ』て、なんやろな」

八尋がつぶやく。

「甘いものじゃないんですか」

澪が言うと、「いやいや」と八尋は苦笑した。

「そんなわけないやん。日下部くんやで。『店』とは明言せえへんかったし、『おみやげになる』て言うただけや。あの子はたぶん、嘘(うそ)はつかへんな、肝心(かんじん)なことを言わへんだけで」

「それは嘘をつくのとたいして変わらないんじゃ……」

「あの子のなかでは区別があるんやろ。ある意味、潔癖(けつぺき)なんかな」

澪からするとつかみどころがなくて薄気味悪い出流も、八尋は『あの子』扱いである。たしかに八尋からしたら二十歳(はたち)にもなっていない子供なのだろうが。

しばらくして車は舗装されていない脇道に入る。木を伐り、石などをとりのぞいたならされた道であるので、車が通ることは想定されているのだろうが、慣れた者でなくては入ろうとは思わない道だ。

「お、なんや。山荘がある」

ゆるいカーブを抜けたさき、急に視界が開けたかと思うと、小洒落た雰囲気の木造家屋が現れた。スレート葺きの切妻屋根に、白壁と黒ずんだ柱が特徴的な洋館だった。ロッジというよりお金持ちの別荘という佇まいである。

出流の車は山荘の手前でとまっていた。八尋はそのうしろに車をつける。車から降りて近づいてみると、壁面の浮き彫りや窓のステンドグラスなど、細かな装飾に凝った山荘だとわかる。

看板は出ていないが、洋菓子の店かなにかだろうか、と澪は思った。多くの客が訪れるのを好まない、隠れ家的な店だってあるだろう。

だが、そんな予想は玄関扉を開けて出てきた人物を見て、吹き飛んだ。

出てきたのは、すらりと背の高い青年だった。ラフなコットンシャツを着て、ジーンズを合わせている。『彼』のそんな格好を見たことがなかったので、澪はそれが誰だか一瞬、わからなかった。

白い肌に色素の薄い髪と瞳。整った顔立ち。波鳥とよく似た――。

「お兄ちゃん！」

波鳥の声が響く。

そうだ。波鳥の兄、青海そのひとがいた。

呆然とする澪たちの前で、青海もまた、ぽかんとしていた。

「波鳥――みなさんも、どうしてここが」

はっとして、澪は出流のほうを見た。澪だけでなく、全員の視線が向けられている。

「日下部、どういうことなんだ？」

つめよる漣に、出流は得意げな顔で笑っている。

「はは、ええ『おみやげ』やろ？」

「おみやげって、おまえ――」

「日下部の情報網。千年蟲の周辺が慌ただしくなったのは知っててん」

「え？」と漣も澪も声をあげた。出流は不思議そうに目をしばたたく。

「知らんの？　でも、このお兄さんをさがしてたんやろ？　高良の世話係を外されたから」

――世話係を外された？

澪は青海をふり返る。青海はほんのりと苦笑を浮かべていた。

「波鳥に話す暇もなくこちらに移ってきまして……この辺は電波も入りませんし、連絡手段がなく。ご心配をおかけしまして、申し訳ありません」

青海は深々と頭を下げる。

「急に高良さまの世話係から外れて、こちらの山荘の管理人になるよう命じられまして、その日のうちに来たんです」

「どうして、そんな……」

澪の言葉に、青海は悩ましげな顔になる。

「和邇のほうで、危機感が強まっているんです。あなたに対する……」

「わたし？」

「あなたは高良さまを祓おうとなさっている。和邇ではもともと注視してきましたが、高良さまもあなたに協力なさっていて、どうも捨て置けぬとなったようですね。上のほうで決められたことですので、私もはっきりとはわかっていないのですが」

「じゃあ、高良はいまどうしているんですか？」

「八瀬の屋敷にいらっしゃるのはお変わりありません。ただ、べつの世話係がついて、監視はされているかと」

「監視？」

物騒な言葉が出てきて戸惑う。

「そんなん、千年蟲には関係ないやろ」出流が言った。「あれを監視しきれるとは思えへんけど」

「たしかに高良さまにとっては、監視など破るのもかいくぐるのもたやすいことです。しかし、そうすれば和邇と軋轢が生じますし……」

言葉を切って、青海は澪を一瞥する。なにか言いかけてやめた。

「ああ、そっか。いらんこととして、麻績くんの妹さんに危害が及ぶのを避けたいってことか」

出流が言い、青海が沈黙したので、それが正解だと澪は知る。

危害——前に波鳥からも聞いている。和邇にとって、千年蠱を祓おうとする澪は邪魔者だ。だからそれが現実味を帯びてきたら、きっと亡き者にされる——と。

現実味を帯びてきているのだろうか。己の身が危ないという実感がないせいか、澪は千年蠱を祓うという目標に近づいていることのほうに意識が向いた。

ほんとうにそうなら、すごいことではないか。

「澪さん」

青海は憂いを帯びた目で澪を見た。

「ですから、くれぐれも気をつけてください。——波鳥、澪さんの周辺に気を配るようにな」

まだあまり実感のなさそうな澪を見抜いてか、青海は波鳥にも言った。波鳥は神妙な顔でうなずいている。

「ときどき買い出しで山をおりるから、そのときにまた連絡する」

「うん……」波鳥はさびしそうである。

「わざわざお越しくださって、ありがとうございました」と、これは全員に向かって言い、青海は再度頭を下げた。

「日下部くんのお手柄やな」と八尋が笑う。「なんで僕らをここへつれてくる気になったん？」

「麻績くんを誘った時点で、そのつもりやったんです。びっくりするかなーと思て」

「びっくりはしたけどさ」

漣はあきれ半分の顔をしている。「最初から言えよ」

「最初から言うたらびっくりさせられへんやん」

「変なことにこだわるから、おまえはうさんくさく思われるんだよ」

波鳥が青海のように頭を下げて、「ありがとうございました」と礼を言う。

「いや、せやから麻績くんをびっくりさせるためやから、お礼を言われることとちゃうねん」

「もっと早くに教えてくれてたらよかったわけだしな」

「麻績くん、そう簡単と違うんやで、情報の扱いってもんは」

「そういうたら、情報を洩らしてしもて、日下部家のひとに怒られへんの？」

八尋の問いに、

「殴られると思います」

と、出流は軽く言って笑った。冗談(じょうだん)なのかほんとうなのか、わからない。漣が眉をひそめていた。

「……君は賢(かしこ)い子やと思うけど、逃げ時を見誤(みあやま)らんと、さっさと逃げたほうがええで」

　いつになく真面目な顔と口調で八尋は言った。

「そのつもりです」と、返す出流の様子に気負(きお)ったふうはなく、軽(かろ)やかだった。

「青海くんもな」八尋は青海をふり返る。青海は微笑しただけで、なんとも答えなかった。

　帰りがけ、青海は澪に、

「さきほども言いましたが、高良さまは、その気になれば監視などものともしません。そこはご安心ください。あのかたは、あなたのことを心配されていると思います」

　と告げた。

「大丈夫だ、って、どうやったら伝えられますか」

「高良さまは、おわかりだと思いますよ」

そう言って、青海はやさしげな笑みを見せた。

漣は出流とともに、出町柳（でまちやなぎ）へ向かった。そこに今回の幽霊話を出流に話した学生が下宿しているのである。

その学生は泊祥悟（とまりしょうご）といって、出流は彼と講義で席が隣になったことから知り合ったという。

「もう一度話が聞きたい」と押しかけた漣と出流に驚きつつも、泊は快く部屋にあげてくれた。「散らかってるけど」と言ったとおり室内は服や教科書などで雑然としていたが、コンビニ弁当の空き容器だのペットボトルだのといったゴミが散乱していることもなく、この歳（とし）の男子にしてはきれいな部屋だろう。

「あの話って、俺もばあちゃんから子供のころ聞かされただけだから、あいまいなとこも多いよ。それでもいいなら話すけど」

泊は冷蔵庫から作り置きの麦茶をとりだしコップに注いで、漣と出流に出してくれる。キッチンに洗ったフライパンや庖丁（ほうちょう）などが置いてあるところを見ると、自炊（じすい）派らしい。

「子供のころ聞かされただけっていうか、まあ会うたびその話されたから、覚えてるんだけどさ。母方のばあちゃん。一緒には住んでなくて、夏休みとか正月のときに顔を合わせるくらい。亡くなったのは、俺が中学入る前だったかな。もう中学生になってたんだっけな」

初対面の漣がいても物怖じすることなく溌剌と話す泊は、およそ幽霊などとは無縁に思える。だから、彼の口から「ばあちゃんの故郷には、女の幽霊が出るんだってさ」などと出たときには、『幽霊』という言葉がなにかべつの単語のように聞こえた。

「虎ノ尾っていう山間の集落で、のどかなとこだったみたいだけど、小さな神社があって……昔はそこそこちゃんとした、立派な神社だったとか言ってたな。その神社のほうに女の幽霊が出るって話で」

「神社のほう？」

漣は口を挟んだ。

「神社のなかじゃなくて？　それは神社のそばってこと？」

「え？」泊はきょとんとする。「改めて訊かれると……ばあちゃんがそんな感じで言ってただけだからなあ。うん、『神社のほう』だったと思うよ。でも『神社のそば』だったかも。ただ、『なか』ではなかったな。ほら、ニュアンスでさ、『なか』は違うでしょ」

漣は出流とちらりと視線を交わした。

——やはり、神社のなかではなく、あの裏手なのだろう。

「話の腰を折って悪い、つづけてくれ」

うながすと、泊は素直に話をつづけた。

「それでさ、その女の幽霊は、妊婦に祟るんだ。祟ってどう悪さするとか、そんなことは、ばあちゃん、言ってなかった。ともかく祟るんだろうな。だから妊婦は近づくなって言われてたとか。ただそれだけの話だよ。怪談ってわけでもなくて、つまんないだろ？　もっと具体的な体験談みたいな感じだったら、話し甲斐もあるんだけど」

申し訳なさそうに泊は言った。

「いや、もっともらしい体験談よりええと思うわ。ほんものっぽくて」

なあ、と出流は漣に同意を求める。漣は「ああ」とうなずいた。

「俺と麻績くん、そういう幽霊話が好きで集めてんねん。参考になったわ」

「へえ……俺はさ、これ、幽霊話っていうより、ばあちゃんの恨み言というか、愚痴だと思ってたんだよな」

「恨み言？　なんや、それ」

「話しぶりがさ、恨みがましいっていうか……子供心に、故郷に恨みでもあるのかなって思ってたんだよ。いやなところだ、忌々しいところだ、みたいな感情がにじみ出てる感じ。でさ、ばあちゃんの葬式のときに、誰だったかなあ、親戚のひとが話してたんだ。虎ノ尾のあたりは昔、結婚しても子供ができなかったお嫁さんとか、逆に双子とか、多胎児を産んだお嫁さんはさ、いやがられて離縁されて、里を追い出されたんだって」

　思いがけない話に、漣も出流も絶句した。

「いや、もちろんいまは違うだろうけど。大昔の風習。それで、ばあちゃんもいっぺん虎ノ尾で嫁いだけど、子供ができなくて離縁されて、虎ノ尾を出て再婚したんだよ。再婚したらあっさり子供できたそうだけど。だからばあちゃん、故郷のことは嫌ってたんだよ」

漣の脳裏に、神社の裏で見た邪霊の姿がよぎる。産屋だったのでは、と思われる場所にいる邪霊、妊婦に祟るという女の幽霊、里を追い出された嫁たち。

室内の冷房のせいか、急に体が冷えた気がした。


澪はくれなゐ荘に帰ると、自室へと戻った。

――高良は軟禁状態にあるのだ。

そして、そうさせているのは、澪の存在なのだ。

座布団の上で丸くなっている照手の横に腰をおろし、澪は膝を抱えた。

――いまのわたしに、なにができるのだろう。

一刻も早く高良を……千年蠱を祓うことか。もたもたしていたら、澪は和邇に殺されてしまうのだろうか。

その前に高良を祓って――滅さなくてはならないのか。

澪は顔を膝に押しつけた。胸のなかで、ごうごうと風が吹き荒んでいる。心が千々に裂かれて、飛んでいってしまいそうだった。

つと顔をあげる。隣で照手が身じろぎした気配があった。見れば照手は窓の前にいる。窓の外は濡れ縁になっており、軒端から日よけの葦簀が垂れている。留守のあいだ閉め切っていたので、室内は蒸し暑い。澪はのろのろと立ちあがり、窓を開け放った。風はないが、新鮮な空気が入り込んできて、ほっと息をついた。葦簀の向こうには裏庭がある。陽が差さず薄暗いが、南天の葉が色濃く、瑞々しい。

ふいに照手が濡れ縁から裏庭へとすばやく降りていった。

「えっ……照手、待って」

澪は驚いて、沓脱ぎ石に置きっぱなしのつっかけに足を入れ、そのあとを追った。照手は裏木戸の下をくぐって、外に出ていってしまった。

「照手」

裏木戸を開けて、路地に出る。細い路地に民家の塀からはみ出した庭木の葉が影を落とし、時がとまったかのように深閑としている。蟬の鳴き声が響いているはずなのに、その音は遠のいてゆく。照手は澪の三歩ほどさきにいた。微動だにせず、前方を向いている。前方に、人影があった。ひとりの少年だ。

澪はふらりと誘われるように彼に向かって歩きだす。

「どうして――高良」

そこにぽつねんと立っているのは、高良だった。

「監視されてるんじゃないの？」

高良は問いには答えず、じっと澪の顔を見つめた。

「泣いてなかったか？」

澪はぽかんとする。「え？」

「さっき、泣いてなかったか」

「泣いて……ないよ」

部屋で膝を抱えていたことを思い出す。泣いてはいない。ただ、胸のなかがぐちゃぐちゃだっただけだ。

「それで来たの？」

高良はまたも澪の問いには答えず、照手を見おろした。

「照手がいるから、たいていの呪詛（じゅそ）は大丈夫だろうが――」

「え？　呪詛？」

「和邇は呪詛を使う。おまえのもとに届いているはずだ。最近、身辺でおかしなことはなかったか」

そう言われて澪は記憶を辿るが、そんな覚えはない。

「なかった、と思う」

「それなら、照手が防いでいるんだろう。おまえが気づきもしないくらいに」

「照手が……？」

澪は足もとの照手を見おろす。ほんとうだろうか。そんなそぶりは、まるで見せないのだが。

「照手をそばから離すな。これがおまえを守ってくれる」

高良の声は静かで、口ぶりは淡々としている。切羽詰まったところはない。澪は高良の瞳を見つめた。美しいが、翳のある瞳だった。

「……あなたは、大丈夫なの？」

高良が目をしばたたいた。瞳に光がまたたく。

「大丈夫だ。何回生きてると思ってる」

冗談なのか本音なのかわからず、澪は「大丈夫ならいいんだけど」とだけ言った。

「面倒だからおとなしくしているだけだ。――ほら、来た。面倒が」

高良がうしろをふり返り、路地のさきに顔を向ける。車のブレーキ音がして、ドアの開閉音が響いた。すぐに曲がり角から黒いスーツの男性が現れる。四十代くらいの、眼鏡をかけたその男は慌ただしくこちらへと駆けよってきた。

「高良さま、お戻りを」

なんの感情も感じられない声で男は言い、高良はうっとうしそうに片手をあげた。

「わかっている。しゃべるな」

男は口をつぐみ、一礼して道を空ける。

高良は澪をちらと見て、

「じゃあな」

とだけ言った。くるりときびすを返し、路地を戻ってゆく。

「高――」

声をかけようとした澪を遮るように黒服の男が高良のうしろにつき、去っていった。路地を出て行く高良をただ見送り、澪は無意識のうちに胸のあたりを押さえていた。木陰がいっそう、暗さを増したような気がした。

その日の夕方、澪は帰ってきた漣から泊という学生の話を聞いた。澪だけでなく、波鳥と八尋も居間に集まっている。澪は膝の上に照手をのせて、その背を撫でながら、漣の話を聞いていた。

「――追い出された嫁か。なるほどなあ」

八尋が卓袱台に頬杖をついて、菓子盆から甘納豆をつまんでいる。「もうすぐご飯やから、あんまり食べたらあかんよ」とさきほど玉青に注意されていた。

「まあ昔の農村やとなあ。子ができんと働き手が確保できん、そうなるといずれ自分たちが働けんようになったら死ぬしかない、てわけやから、文字通り死活問題やったんやろうけど」

「双子は？　多胎児を産んだお嫁さんもいやがられて離縁されたんですよね。でも、働き手がいっぺんに何人もできたらいいことなんじゃないですか、その理屈だと」

澪が疑問を呈すると、

「食べる口もいっぺんに増えるてことでもあるからなあ……まあそれよりは、双子は俗信で忌避されたところが大きいな。多胎児はめずらしいから。めずらしいもんは、恐れられるか、崇められるかのどっちかや。大昔ならなおさら。村社会はとくに、優秀なほうにも劣っとるほうにも突出するのを嫌うから、めずらしいもんは弾かれるんや」

いずれにしても、と八尋はまとめる。

「嫁ひとりに因果を押しつけたら、そら恨みも溜まるやろな。――そのお祖母さん自身は、詳しいことは言うてへんかったわけやな？」

はい、と漣はうなずく。

「孫に会うたびしつこく語っていたわりには、情報量がすくないですよね」

「あんまり思い出したくなかった、ってこともあるやろな」

「しつこく語って聞かせてたのに？」

澪が首をかしげると、

「つらいから具体的なことには言及したくないけど、吐き出さずにはいられへん、みたいなことはあるやろ」

八尋はさらりと言い、

「まあ、聞かされるほうは面倒やけど」

とつけ加えた。

「はあ……」

「それより大事なんは、そういう慣習があったってことは、ほかにもそういうお嫁さんがおった、ってことやな。いまさっきも言うたけど、恨みは溜まる」

「溜まった恨みがあの邪霊だと、八尋さんは考えているんですか」

漣の問いに、八尋は「まあ、そやな」とうなずいて甘納豆を口に放り込んだ。

「あそこが産屋やったとして、そこに恨みが溜まって邪霊と化して、妊婦に害を及ぼした。だから産屋を取り壊した——てとことちゃうかな」

「産屋なんですか？」

素朴な面持ちで問うたのは、波鳥である。

「え？」

「あ、いえ……なんというか、どうして恨みが溜まるのが産屋なのかな？　って……嫁ぎ先じゃないんだなって」

「うーん」八尋が天井を仰いだ。「僕も断言はできんけど、象徴やからかな？」

「象徴、ですか」

「結局、思い浮かびやすいほうに思念は集まるわけで、その点で慣習のわかりやすい象徴が産屋やったんかな。いや、全然的(まと)外れでべつの理由があるんかもしれへんけど」

象徴か、と澪は邪霊のいた空き地を脳裏に描く。六畳ほどの小さな敷地。そこで数々のお産が行われたと思えば、とても神聖な気がする。だがあの邪霊がいた場所は、そんな雰囲気は微塵(みじん)もなかった。禍々(まがまが)しい場所と化していた。

「曲がりなりにも神社のそばにあったわけですし、そうなった理由はべつにあるんじゃないかと思いますが」

漣が口を挟む。

「そやな」八尋はあっさり認める。「そうかもしれん。なんにせよ、もっぺん住人に聞いてみよか」

「話してくれますかね」

「まあ、その辺はうまいことやるわ」

はは、と八尋は軽く笑う。たいていのことはなんでも飄々とやってのける八尋が言うと、説得力がある。

台所から玉青の「ご飯できたさかい、運ぶの手伝って」という呼び声がかかり、全員がそろって腰をあげた。

翌日、澪たちはふたたび虎ノ尾へと向かった。出流は「また行くん？　俺はもうええわ」とのことで、今日は同行していない。

「なんや澪ちゃん、今日は照手までつれてくん？」

八尋にけげんそうに問われたが、澪は「なんとなく」とだけ答えて後部座席に座り、膝の上に照手をのせた。高良の忠告に従っているのである。

虎ノ尾に着くと、八尋はまず神社近くの民家を訪ねた。昨日も訪れた家である。

「あれ、昨日の。また来はったん？」

玄関の戸を開けたのは、昨日とおなじくひまわり柄のエプロンをつけた老婦人であった。

「話せるような面白い話題なんかあらへんで」

いささか迷惑そうに言う彼女に、八尋は愛想よく笑いかける。

「今日はできたら、あなたのお話を聞きたいんですよ」

「この地域に嫁いできたかたのお話をうかがって、故郷との違いとか、戸惑った風習とか、そういうのを知りたいんです」

「ええ？　私？」

「そんなん言うたかて、私が嫁いできたのなんて何十年も前やで」

「ちなみにどちらから？」

「滋賀の……細かい地名言うてもわからんやろ。山向こうの田舎や」

「ほな、もとからこの地域のひとやない、ようはよそ者ですよね」

老婦人は皮肉そうな笑みを浮かべた。「嫁なんてもんは、いつまでたってもよそ者やで」

八尋は理解を示すように深くうなずいた。

「苦労されたでしょうね」

「そら、あんた、料理にしても塩辛いだの薄いだの、うるさいうるさい……」

老婦人は言葉をとめて、澪たちの顔をひととおり見たあと、体を横にずらした。

「まあ、お入り。暑いやろ。麦茶でも飲んでいき」

――なるほど。

澪は八尋の意図を理解した。もともとこの地域に生まれ育った者ではない、よそ者から話を聞き出すつもりなのだ。考えてみれば、お嫁さんの多くはその地域にとってはよそ者なのだな、と思った。むしろおなじ集落内で婚姻関係を結ぶほうがめずらしいのか。

老婦人は姑とふたり暮らしだそうだ。夫はすでに他界しているという。

「旦那は死んだのに、姑は元気でな。今日はデイサービスに行ってるんよ。まあ元気やいうても歳やであちこちガタは来てる。若いころはずいぶんいびられたもんやけど、いまは私のほうが強いでな」

ふっ、と老婦人は笑った。冷房は入っておらず、窓を開け放し、扇風機が回っている。古い扇風機で、首をふるときカタカタと耳障りな音を立てていた。

「実家との違いて言うたら、ようけあるけど……」

食べ物の好みから年中行事の違い、お盆や正月に作る料理の違い……と、目的とは関係なく、なかなか興味深い話が出てきて、澪はつい聞き入っていた。

「あとは、そう……産屋やな」

老婦人は水滴のついた麦茶のコップをぼんやり眺め、つぶやいた。

「神社の裏手にあったものですか？」

八尋がさりげなく確認する。「そうや」と老婦人はうなずいた。

「私が嫁いできたころにはもう、使われんようになってたけど、うちの旦那なんかもその産屋で生まれたて話でな。ここのひとにとっては、そら大事なもんやったみたいやな。私の実家ではそんなん、なかったさかい、めずらしい思て。でも、見に行こうとしたら『あかん』て言われてな。姑に。えらい怖い顔して」

麦茶をひとくち飲み、濡れた手をエプロンで拭いて、老婦人はつづけた。

「『祟られる』て言うんよ。産屋に近づいたら、祟られる、て……。おかしな話やろ。産屋やのに。せやから、なんで、て訊いたんよ。そしたら、『あそこで女が死によったんや』て」

「死んだ？」ぎょっとして思わず声をあげたのは、澪だけではなかった。皆の声に老婦人はすこし居心地悪そうな顔をして、窓のほうに視線をずらした。

「それは、お産で亡くなった、てことですか」

八尋が問うと、

「ちゃうちゃう」

老婦人は手をふる。

「死んだんは妊婦やない。せやからお産やない。——首をくったんやて」

「縊死ですか」

「イシ？　ああ、首くって死ぬことな。そう聞いたで。女のひとが首くったて。私が嫁いでくるよりずっと前の話やさかい、どこまでほんまか知らんけど。梁か柱かようわからんけど、そこに紐かけて」

「女のひとっていうのは、どういう——」

「子供ができんからて離縁された嫁やと。旦那がよそで女作って、そっちに子供ができたさかい、嫁を追い出してその女と再婚しようとしたんや」

老婦人は顔を歪めて笑う。

「ようある話やけど、その旦那もなんで愛人の女にできた子を自分の子やと頭から信じられるんやろな。既婚者の愛人になるようなだらしのない女なんか、ほかにも男おるに決まってるのに」

ぺらぺらとなめらかにしゃべる。当初、言い渋っていたのが嘘のようだ。

「ほんでまあ、追い出された嫁は恨んであてつけみたいに産屋で首くったわけや。子供ができんこと、まわりからさんざん責められていびられてたそうやし、それもあるやろな。産屋はそのとき取り壊そかて話があったそうやけど、やっぱり昔からずっとあるもんやし、壊すのはなあ、てなって、そのまま。びっくりなんが、そのあと、旦那の愛人がそこで出産しようとしたことや。意地になっとったんかどうか知らんけど、結局その愛人も赤ん坊も無事に出産できずに死んでしもた。死んだ嫁の祟りや、て言われたそうや」

陰惨な話をしながらも老婦人は涼しい顔をして、麦茶をすする。

「それから産屋の前に幽霊がおる、て噂が出てな。それを見た妊婦が寝付いたとか、早産になったとか、そんなことがつづいて、あそこには妊婦は近づいたらあかん、てことになった。ほんでも、そのときも産屋は壊されずじまいで、私が嫁いだときもまだあったわけや。それが、いつやったかなあ、えらい嵐のひどいときがあって、屋根が崩（くず）れてしもてな。ようやっと、取り壊されたんよ」

話に聞き入っていた澪は、ほっと息をつき、力を抜いた。が、話はこれでおしまいではなかった。

むしろ、そのさきが肝心だったのだ。

「そしたら、下から経帷子が出てきたんよ」

「――え？」

よく意味がわからず、澪は訊き返した。

「産屋のなかは土間なんやけど、真ん中に砂が盛ってあってな、そこに御幣が立ててあったんよ。産屋てそういうもんなんやってな。ほんで、その盛り砂の下に、経帷子が埋められてたんや。経帷子て、あんたら若い子にわかる？　死装束」

澪はうなずいた。と同時に、得体の知れない悪寒がして、震えそうになった。

「誰がしたんかわからんけど――まあ、あの首くくったお嫁さんやろ、てことになったけど。気色悪かったわ」

やれやれ、と言いたげに老婦人は首をゆるくふった。そこではたとわれに返ったように、「いややわ、この話は課題に書いたらあかんよ」と座卓に身をのりだして口早に言った。

「口がすべってしもた。こんなん、よそのひとに話したて知られたら、具合悪いさかい」

「大丈夫ですよ」八尋がうなずく。「軽々しく書ける話やないですからね。そこは省(はぶ)いておきます」

それをしおに澪たちは老婦人の家を出た。八尋が神社のほうに向かって歩いてゆくので、澪たちもそのあとを追う。

「呪(のろ)いやな」

八尋が言った。

「なにがですか？」と訊いたのは漣である。

「経帷子。なんであの産屋跡に邪霊が生まれたんか、それでわかった。あの邪霊は呪詛なんや。経帷子の呪詛」

――経帷子の呪詛。

「産屋を喪屋(もや)に変換してしまう呪いや」

「モヤ？」

「殯宮(もがりのみや)て言うたほうがわかるか？　逆にわからんか。遺体を葬式まで置いとく場所のことや」

ああ……、と澪たちはめいめいがうなずいた。

「産着の代わりに経帷子を埋めて、産屋を喪屋に、出産を死に変えようという呪いや。もともと生まれることと死ぬことは対のもんやから……」

八尋は『対のもん』のところでこぶしを握った両手をかかげた。

「それを、反転させる呪詛やな」

両手を交差して位置を入れ替える。

「経帷子を埋めたんが首をくって死んだ女やとしたら、自分の死装束て意味もあったんかな」

そう言った声は、どこかしんみりしていた。

「もう経帷子も産屋もありませんけど、まだ邪霊は残ってるんですね」

「そやな。いずれ風化して消えてくかもしれんけど」

――呪いか。

澪は胸に抱えた照手をぎゅっと抱きしめる。ふつうのひとに照手は見えないので、さきほどの家でも澪のかたわらにいた。

どうしてひとは呪いをかけるのだろう。失うものはあっても、得るものはなにもないのに。相手のなにかを損なうことで、己の傷ついた心と帳尻を合わせたいのだろうか。合うわけがない。割に合わない。だが、それでもよかったのだろう――

千年蠱は。

気づけば高良のことを考えていた。千年蠱の呪いがなければ、澪は高良と会うことはなかったのだ。ふとそう思い、澪は、暗がりのなかに立ちすくんでいる気がして愕然（がくぜん）とした。

これは、考えてはいけないこと——いや、考えなくてはならないこと——どっちだ？

「澪さん」

ふいに背中をやさしくたたかれて、澪はびくりと震えた。

「大丈夫ですか？」

ふり返れば、波鳥が心配そうな顔で澪を見ている。「木陰ですこし休んだほうが……」

「ううん、大丈夫。ごめん。大丈夫だから」

あわてて言い、首筋の汗を手の甲でぬぐった。なにを考えていたのだろう。暑さのせいか。

八尋と漣に遅れてしまっている。ふたりは立ち止まり、けげんそうにこちらをうかがっていた。澪は足を速め、ふたりに追いつく。波鳥がやはり心配そうに澪のあとをついてきた。

「どないした？　澪ちゃん」

「暑さでちょっとぼうっとしただけです」

「そらあかんな。日陰でちょっと休もか」

「いえ、大丈夫です」

「神社で休んでろよ。木陰だし」

「そうですよ、急ぐことはないんですから、休んでください」

　皆にわあわあ言われて、結局澪は神社でひと休みすることになった。大きな銀杏の木の根元に腰をおろして、ペットボトルの水を飲む。隣には波鳥が座り、八尋と漣は産屋のほうを見に行っていた。

　この時季にめずらしく澄んだ風が吹いていて、頭の芯がすっきりした気がする。照手が地面のにおいをふんふん嗅いでいた。

「波鳥ちゃんは、暑いの平気？」

「平気では……どちらかというと、苦手です。寒いほうが好きです」

「たしかに、そういう雰囲気あるよね」

「澪さんは、暑いのと寒いのとでは、どちらが好きですか？」

以前、似たようなことを高良に尋ねたのを思い出し、澪は思わず言葉に詰まった。

「……どっちも……、あんまり好きじゃないけど」

暑いほうが動けるだけまだまし、と高良は言っていた。

「呪いをかけるひとって、どういうひとだと思う？」

気づけばそんなことを波鳥に訊いていた。

波鳥はすこし首をかしげ、

「よくも悪くも情の厚いひとだ、って兄は言ってたことがあります」

と答えた。

そうだ。高良は情の厚いひとだ。見捨てられないひとだ。

「わたしは、おまじないが必要なひとだって思います」

「え？　おまじない？」

波鳥はにこりと笑って、足もとの小石を手にとると、地面に字を書いた。『呪』。

「『呪い』は、『のろい』とも読むし、『まじない』とも読みますよね。おまじないって、『痛いの痛いの飛んでけ』みたいな……なんていうか、幸いを願う、あたたかいものですよね。呪いをかけるひとには、ほんとうは、呪いじゃなく、おまじないが必要だったんだと思います」

波鳥らしい、やさしい解釈だと思った。澪は地面に書かれた『呪』の文字を見つめる。

――おまじない、か……。

必要なのは、おまじない。その言葉が妙に澪の深いところに沈んで、残った。のろいとまじない。産屋と喪屋。出生と死亡。考えが巡り、なにかかちりとはまりそうに思えたとき、「あっ、照手？」と波鳥の声が思考を破った。

照手が駆けだしたのだ。神社の裏手のほうへと走ってゆく。産屋跡のほうだ。澪と波鳥は照手のあとを追いかける。祠の裏へ回り、さらに奥へと走ってゆく。そちらには林があり、そこを抜けると神社の裏手に出た。八尋と漣がいる。ふたりは駆けてくる澪たちに驚いてふり返った。

「どないしたん」

「照手が……急に駆けだして」

澪は肩で息をしながら答えた。照手はいま、澪の足もとでおとなしくしている。八尋の向こうに邪霊の姿が見えた。ゆらゆらと揺れているさまが、心許なげな、かなしい姿に見えた。

――どうしたらいいのだろう。

呪詛から生まれたこの邪霊を。

澪の胸のうちには、どうしても高良の姿がちらつく。蠱物として生みだされた千年蠱。呪詛に縛られ、何度も死んでは生まれ直さなくてはならない存在。あまりにも哀れな――。

澪は邪霊を避けて回り込み、産屋だった跡に近づく。不思議とそこには草も生えていない。盛り砂があったというのは、中央あたりだろうか。しゃがみ込んでみても、それがあった跡はわからない。澪は手を伸ばし、地面に触れた。土はひんやりとしている。

この場で生まれた命はたしかにあり、そのさいに流された血は大地に染み込んでいるはずだ。その血は穢れではなく、新たな息吹を育むものだ。大昔、ひとは豊穣を願って生贄の血を大地に捧げたではないか。澪はその儀式を知っている。幻視したことがある。長野の神社にいた邪霊だ。それを思えば、この地は生命の源を宿している。いっとき呪詛で穢されても、長いあいだ育まれた力は消えていないはずだ。

――もとに戻せるはず。

この地ならば、呪いを正せるのではないか。そう思うと同時に、土に触れた手のひらが妙になまあたたかくなり、ぐっと沈み込んだ。

風が澪の頬を撫でた。水のにおいがする。せせらぎが聞こえた気がした。いや、せせらぎではない。女が低く呪文を唱えるような、歌うような声だ。

額がかっと熱くなった。かと思うと急に風が通ったように涼しくなり、頭のなかが明瞭になる。体中が澄み渡り、軽くなって、胸のうちは空っぽになった。

ゆるく揺らいでいた邪霊が、ゆっくりとひとの形をとりはじめる。ひとの形と呼んでいいものか、ひどくいびつな姿をしていた。黒ずんだ服を着た、手足がひどく長細い、縦に長いひとの姿だ。長い髪が揺れている。体が重たいのか右に傾け、白い首が異様に長い。とにかく長細い異形の者がそこにいた。

怖いとは思わなかった。せせらぎに似た歌声が流れている。声は水のにおいを含んでおり、清らかな奔流を思わせた。それが邪霊を取り巻き、包み込むのがわかる。水の流れが邪霊を洗い、穢れを濯ぐ。清らかな水は穢れを祓うものだ。穢れが落ちてゆく——と、澪には思えた。邪霊の姿が縮んでゆく。干からびてゆく。細い体がいっそう細く、細く——しまいには線になる。

気づくと、邪霊の姿は影も形もなかった。消えてしまった。

澪はあたりを見まわす。やはりどこにも邪霊の姿はない。ただ立ち尽くす八尋たちがいるだけだ。

「澪、おまえなにしたんだ?」

漣がいぶかしげに眉をひそめている。

「邪霊がいなくなった。でも、おまえは雪丸を呼んでないだろ?」

「うん」澪もわけがわからぬまま、うなずく。

「いったい、なんで……」

歌声と、水の気配がした——と言おうとしたとき、澪の手をやわらかいものがかすめた。見おろすと、照手がそばにいた。いつのまに、と思いつつ、その背を撫でる。

「まあ、祓えたんならそれでええやろ」

八尋があっさりと言う。「いまはわからんでも、あとでわかるかもしれんし」

はあ、と答える漣は不服そうだった。

「ほな、帰ろか。暑てしゃあないわ」

その言葉に、澪は暑さを思い出す。不思議とそれまで暑さがどこかへ行って、むしろ涼しいくらいだった。うなじがむっと暑くなり、汗が噴き出す。蟬の声がうるさく響き渡る。

神社のほうへときびすを返す八尋に、澪ものろのろと立ちあがった。

漣は翌日、出流のアパートを訪れた。

「どうしたんだよ、その顔」

玄関のドアを開けた出流の顔を見て、漣はぎょっとした。唇の端が切れて、痣もできている。あきらかに殴られた傷だった。

「情報漏洩の代償」

出流は肩をすくめて軽く笑った。その拍子に傷が痛んだらしく、「いってて」と口もとを押さえた。

「……おまえさ……」

漣は口を開いたものの、なんと言っていいのかもわからず、立ち尽くした。

「ドン引きしてるやん。ごめんごめん。こういう家やねん、気にせんといて」

「……だから昨日、来なかったのか」

「いや、単純に面倒やっただけ」

漣は出流の顔を眺める。出流は痛そうに口もとを押さえたままだ。

「今日はどないしたん？　なんか約束あったっけ？」

「虎ノ尾の件をいちおう報告しとこうと思ったのと、課題がまだ終わってないだろ」

「あー、課題。そやったな」

出流はようやく漣を部屋に入れる。せめて三日後くらいに来ればよかったな、と漣は後悔した。

差し入れに買ってきたペットボトルのお茶とスナック菓子を卓袱台に置く。室内はあいかわらずがらんとしてそっけない。

「傷が痛むんなら今日は帰るけど」

「平気平気。こんなん全然マシなほうやから」

「口のなかは切れてないのか？　それ、消毒とかちゃんとしてるんだろうな？　いまの時季、ほうっておくと化膿するぞ」

「麻績くん、世話焼きやな。べつにほっといたら治るで」

「ちゃんと手当てしたほうが治りが早いだろうが」

漣はトートバッグから消毒液をとりだした。

「なんでそんなもん持ってるん」

「澪がよく怪我するやつだったからだよ」

いまはそんなことはないので必要ないのだが、つい入れたままになっている。邪霊に追いかけられ、転び、日々擦り傷をこしらえていた澪が、京都に住みはじめてからは、めっきり強くなった。

妙に感傷的な気分になりそうになって、漣は顔をしかめた。

「これやるから、ちゃんと消毒しろよ」

消毒液と絆創膏を卓袱台に置く。出流は消毒液を手にとり、ものめずらしそうに眺めている。はじめて見るわけでもあるまいに。

「虎ノ尾のほうは、無事祓えた」

「そら、よかったな」

出流はあきらかに興味の薄い反応を示す。話を持ってきたのは出流だというのに。あきれつつも、漣はことの顚末（てんまつ）を話した。

「経帷子の呪詛か。それはちょっと面白いな」

出流が興味を示したのは、それだけだった。話し甲斐がない。

「こんないちいち報告に来るやなんて、律儀やなあ。俺、祓うことにはあんまり関心ないわ。ほっといたらええやん。向かってきたら祓うけど」

「俺が祓うのは修行だからだよ」

「ああ、せやったな。面倒くさい道、選ぶもんやなあ」

出流は笑う。漣は黙って卓袱台から消毒液や菓子をのけると、課題のためのノートや本をとりだした。

「昨日の今日で、疲れてへんの、麻績くん。課題なんてまださきでもええやろに」

「さっさと終わらせたい性分（しょうぶん）なんだよ。すっきりしないだろ。本の返却期限もあるし」

本の何冊かは大学図書館から借りてきたものである。

「それに、お盆には一度実家に帰るつもりだから」

「長野の？　へえ、妹さんと？」

「いや、ひとりで」

出流は身を乗りだし、漣の顔を覗き込んだ。

「なんで？」

「……ちょっと用事があるんだよ」

「用事って？」

漣は口ごもる。出流は笑って、「秘密なんや？」と言った。その顔を眺め、すこし迷い、結局漣は口にした。

「父さんと話してくる。麻績の協力を仰げないか」

「麻績の……麻績一族の協力？　なんのために」

「千年蠱を祓うために決まってるだろ」

澪が千年蠱を祓うというなら、漣は漣でできることをするほかない。

「和邇が邪魔をしてくるなら、こっちも対抗しないわけにいかないだろ。バックアップしてもらわないと」

「和邇とやり合うつもりなんか。仁義なき戦いやん」

「茶化（ちゃか）すなよ」

漣は出流をじろりとにらむ。出流は平気な顔で笑っている。

「そうなったら、日下部はどう出るんだ？」

「さあ。どうもせんのと違う？　傍観を決め込むやろ」

「麻績側にはつかないのか。千年蠱を倒したいのに」

出流は皮肉な笑みを浮かべた。

「『倒したい』は日下部の大看板やな。でも実際のとこ、それは一族の結束を固めるためのスローガンてだけや。ほんまに千年蠱がおらんようになったら困るんちゃう？　俺はそのほうが面白いけど」

「面白いのか」

「そらそうや。俺は日下部嫌いやもん」

「そうか」

漣はしばし卓袱台の上のペットボトルを眺めたあと、出流の顔に目を戻した。

「おまえも長野に来るか？」

「へ？」出流はぽかんとした顔をする。

「お盆に。旅行がてら」

「なんで？　日下部を味方にしたいとかそういうこと？　そんなん、俺に言われても——」

「いや、べつになんとなく誘っただけだ」

ほんとうだった。深い意図があって誘ったわけではない。

出流はぽかんとした顔のまま、

「……まあ……行ってもええけど……」

と、ぼやけた返事をした。

「じゃあ、それまでに課題は終わらせるぞ」

漣はきびきびと本を開いた。

呪いは朱夏（しゅか）に恋う

精霊棚に飾られた桔梗の紫が美しい。棚の四隅には笹が立てられて、渡した麻縄に御幣がかけられている。これは蠱師独自の盆飾りだそうだ。澪は精霊棚の前に座り、茄子におがらを刺していた。隣で波鳥が胡瓜にやはりおがらを刺している。八尋は縁側にまたべつの精霊棚をこしらえていた。そちらはご先祖の霊を迎える棚ではなく、無縁仏が家のなかに入ってこないようにするための棚だという。

「三人とも、手伝うてくれておおきに。そろそろお昼ご飯にしよか」

玉青が仏間に顔を覗かせると、澪たちは腰をあげた。お盆を迎える準備を手伝っていたのである。

居間の卓袱台には夏野菜中心の献立が並んでいる。茄子やししとうの天ぷら、いんげんと厚揚げの煮物、胡瓜と蛸の酢の物、そうめん。澪は夏バテ気味だったが、季節柄、玉青の作ってくれる料理はさっぱりとしているものが多く、食べやすかった。

「澪ちゃんは帰省せんでよかったん?」

茄子の天ぷらをさくさく食べながら、八尋が訊いてくる。

漣は今朝がた、長野に帰っていった。お盆のあいだ、あちらで過ごすつもりらしい。

「わたしはもともと、下旬に帰省する予定でいたので……いま、混んでますし」

きっと新幹線は満席だろう。想像するだけで疲れた。

――それに、日下部（くさかべ）さんが一緒だとか言ってたし……。

なぜだ。そこに加わろうとは思わない。なにを話していいかわからない。そもそも、澪は漣に一緒に帰ろうと誘われてもいない。

「漣兄（にい）は、わたしと一緒に帰省なんて、いやなんだと思います」

――わたしと一緒に帰るくらいなら、日下部さんのほうがいいのだろう。

「おっ、なんや澪ちゃん、拗（す）ねとるんか。漣くんが一緒に帰ろて言うてくれへんかったから」

「……」

「にらまんでもええやん。そんな図星（ずぼし）やと思わんかったわ」

図星ではない。べつに拗ねてなどいない。澪と漣は元来、べたべたと仲のいい兄妹ではないのである。

「八尋さん、めんどくさい親戚のおじさんみたいな絡（から）みかたするん、やめとき」

玉青がぴしゃりと言い、そうめんをすすった。

「悪い悪い」と八尋は笑っている。「澪ちゃん、淡泊やけど、お兄ちゃんに関してはけっこう喜怒哀楽がはっきりしとるというか、ストレートに出るもんやから、つい」

そんなことを言われたのははじめてだったので、澪は視線を落としてそうめんのつゆを見つめた。褐色のつゆからはほんのりと出汁のいい香りがする。

——漣兄は……。

澪はそうめんをすすることで、頭をよぎった考えを追いはらった。

漣に対して、澪はどういう感情で接したらいいのかわからなくなるときがある。

漣の生きかたを歪めているのは、澪だからだ。

澪がいなければ、きっと漣はいまとは違った人生を歩んでいただろう。

そのことを思うと、澪はいつでも、胸をしめつけられる思いがする。

漣は電車からホームに降り立つと、ほっと肩の力が抜けた。高校のころは毎日通学で利用していた駅である。見慣れた景色と空気に安心する。じっとりと肌を覆う湿気ではなく、軽やかな風がシャツと肌のあいだを吹き抜けてゆく。蟬の鳴き声すら爽やかに響く気がした。

「ええとこやなあ」

かたわらで響いた呑気な声に、漣は抜けた気を入れ直す。そうだった。今回はこいつが一緒だった——とふり向く。出流は周辺の景色をものめずらしそうに眺めていた。白いTシャツの上にスモーキーな空色のカーディガンを羽織り、薄いグレーのパンツを合わせた出流の姿は、品良く涼しげである。対して漣は黒いシャツにジーンズという出で立ちで、半袖である以外、あいかわらず季節感がない。

「俺、長野てはじめて来る。長野ていうたらなにがうまいん？　やっぱ蕎麦？」

出流は朝、京都駅で待ち合わせたときからいつになくそわそわと落ち着きなく、やたらテンションが高かった。

「蕎麦が食いたいなら、どっか店につれてってやるけど」

どうしてだか出流を誘い、帰省につきあわせてしまったため、漣は妙な申し訳なさがある。一緒に来ると決めたのは出流で、べつにしかたなくついてきているわけでもないのだが。

「ほんま？　そしたらこっちにおるあいだに行こ。その前にやらなあかんことすませんと」

「ああ……」

途端に気が重くなった。肩から提げた旅行鞄も、ずっしりと重みを増した気がする。

――父さんと話をしないと。

父はけっして頑固親父というのではないが、目の前にするとやたら緊張してしまうような、謹厳さのあるひとだった。

駅舎を出ると、一台の車がふたりを待っていた。運転席の窓が開き、漣の母がにこやかな顔で手をふる。

「お腹空いたでしょ。お昼用意してあるからね。あなたも遠いところ、わざわざありがとうねえ、お名前なんだったかしら、出流くん？　ああそうよね、出流くんだったわ」

後部座席に乗り込んだふたりに母は興奮気味にまくし立てた。

「ごめんなさいね、この子がお友達つれてくるのなんてはじめてだから、それに泊まりだもの、私はりきっちゃって――」

「母さん、落ち着いて」

このテンションで運転されては怖い。出流は打って変わって、借りてきた猫のようにめっきり静かになった。

車窓には子供のころからずっと見てきた景色が広がっている。緑濃い山々は、京都の山々よりもずっと高く、峻厳に思えた。民家はまばらで、田畑が多く、個人商店がぽつぽつと現れる。隣を見れば、出流もまた景色をぼんやりと眺めていた。ふだんのひとを食ったような笑みはなく、引っ込み思案の子供のような横顔をしていた。

昼食はざる蕎麦だった。ふたりぶんしか用意されていないところを見ると、両親はすでに食べたあとらしい。

蕎麦の前には大皿にかき揚げと唐揚げがこれでもかと盛られている。いくら若い男ふたりでもこんなには食べない。

「運動部じゃないんだから、こんなに食べないって」

「つい作りすぎちゃってねえ。ご飯もあるけど、そっちのほうがいい？　それとも両方食べる？」

「蕎麦でいいよ。日下部も蕎麦が食べたいって言ってたし――ご飯、いるか？」

出流に訊くと、「いや」と言葉すくなに首をふる。

「遠慮しないでね。ほんとうにいい？」

「はい。蕎麦が食べたかったんで。――ありがとうございます」

出流はぎこちなく頭をさげる。

デザートに桃も葡萄（ぶどう）もあるからね、などと言い、母は台所に引っ込んでいった。

「疲れてるのか？」

箸（はし）をとりつつ、漣は出流の様子をうかがう。出流はきょとんとしていた。

「なんで？　疲れてへんよ。早起きしたからまあまあ眠いけど」

「別人みたいにめちゃくちゃおとなしいから」

出流はちょっと顔をしかめた。

「緊張してんねん。ふつうするやろ。よその家のお母さんとか、どういう口のききかたしてええんかわからんわ」

「へえ……」

意外に思う。「ふつうに如才なくふるまえるタイプかと思ってた」

「同年代は平気。歳が上のほうになると無理。俺、礼儀とかわからんもん」

「俺は逆だな。同年代のほうが苦手だ。年配のひとのほうが楽」

「麻績くんはな、躾が行き届いた子やからな。気後れせえへんのやろ」

「なんだそれ」

「わからんやろ。麻績くんはそれでええわ」

出流は唐揚げにかぶりつく。「これ、めっちゃうまい」

生姜とにんにくを加えたタレに漬け込んだ、母こだわりの唐揚げである。かき揚げの具は玉葱とにんじん、イカに海老で、母はこれ以外の具で作ったことがない。漣は唐揚げよりもかき揚げのほうが好きだった。唐揚げは澪の好物である。ふと思いついて、漣はおもむろに携帯電話で唐揚げの写真を撮った。アプリで澪に送信する。たいして意味のない行為である。

出流はかき揚げも蕎麦も箸休めに添えられた野沢菜漬けも、「ぜんぶうまい」と食べていた。

「嫌いなものとか、アレルギーとか、あるか？　いまさらだけど」

「あらへん。なんでも食べるで」

「好物は？」

さきの問いには即答した出流だったが、この問いかけには首をかしげてしばし考えていた。

「とくにない。というか、なんでも好きやな。ことさら好物てもんはない」

子供のころ作ってもらった料理で好物はないのか——とは訊きかねた。彼の口から従兄(いとこ)だの日下部一族だのといった言葉は出てきても、両親だとか、家庭については出てこない。

「出流くん、晩ご飯は焼き肉にしようと思ってるんだけど、いいかしら？」

台所から母が出てきて、うきうきした様子で訊いてくる。

「あ、はい。なんでも」

「カツ丼とかのほうがいい？」

「え——」出流は救いを求めるように漣を見る。捨て犬のような目をしている。どう答えるのが正解なのか、わからないのだ。

「焼き肉、嫌いだったか？」

「いや、全然。むしろ好き」

「じゃあ焼き肉で」

母に向かって言うと、「わかったわ」と母は満面の笑みを浮かべた。

「実はもうお肉たくさん用意してあるのよ。晩ご飯もいっぱい食べてね。あ、あとスイカもあるから、おやつに食べましょ」

胃薬の用意をしておいたほうがいいだろうな、と漣は思った。


「なにこれ」

澪は携帯電話に表示された写真を見て、首をかしげた。漣から送られてきた写真である。唐揚げが写っている。おそらく麻績家での昼食だろう。なんのメッセージもなく、これだけ送られてきた。『到着した』でも『昼食中』でもなく、これだ。ときどきあの兄のやることは意味がわからない。

「どうしたん？」

八尋がうしろから携帯電話を覗き込む。「唐揚げ？　おいしそうやな」

「たぶん母の作った唐揚げです。漣兄から送られてきました」

「なんで？」

「さあ……わたしの好物だから……？」

「写真だけ送られても。あ、『うらやましいだろ』みたいな？　いや、漣くんのキャラと違うな」

「なにも考えてないんだと思います」

たんに連想で、母の唐揚げが澪の好物だから、撮って送った、というだけだろう。そう説明すると、八尋は「いや、よけいにわからんのやけど」と笑った。

「漣くんて、ちょいちょい面白いとこあるよな」

面白いというか、よくわからないのである。ずっと一緒に暮らして育っても、なにをどう考えているのか、いまだにわからないところがある。それはおたがいさまなのかもしれないが。

「冷静に見えて全然冷静とちゃうし、理性的に見えてずいぶん感情的な子やな、漣くんは」

八尋は適当に分析じみたことを言い、精霊棚の飾り付けのつづきをやっている。澪は波鳥とともに仏壇の拭き掃除をしていた。携帯電話をジーンズのポケットにしまい、布巾を手にする。

照手が座敷をうろうろと歩き回っている。落ち着かない様子だ。鼻先を上向け、ふんふんとにおいを嗅ぎ、きょろきょろしている。

「照手、どうしたの?」

声をかけても照手はふり向かず、毛を逆立ててしきりに歩く。澪は立ちあがり、照手のそばに近寄った。開け放した窓から風が吹き込み、軒下に垂らされた葦簀が揺れる。ポニーテールにした澪のうなじに生ぬるい風が触れていった。

バシッ、と音がして、澪は思わず身をすくめる。八尋がすばやく立って、外のほうを向いた。波鳥は固まっている。三人の目は葦簀に向けられていた。葦をつなげた紐がちぎれて、なかほどからばらりとほどけて垂れ下がっている。葦は手荒く折られたように曲がっていた。それがぷらぷらと微風に揺れている。

「これ……なんですか?」

澪が八尋に訊くが、八尋は眉をひそめて葦簀を凝視したまま、答えない。ただ風に煽られて壊れたわけではない。風ではこんなふうにならない。

「お盆やからな」

八尋が口を開いた。「変なもんもやってくる。用心せなあかんな」

また生ぬるい風が頬を撫で、澪は胸の奥底が不安にざわめいた。


父は社務所のほうにいると母に聞いたので、漣は出流をつれてそちらに向かった。

「いや、なんで俺も一緒に行かなあかんの」

「おまえひとり放っておいてもやることないだろ」

「そのへん散歩でもしてるわ」

ぶつくさ言う出流の腕を引っ張り、神社の敷地に入ると、父は社務所ではなく拝殿の前にいた。ほかにひとの姿はなく、父はなにをするでもなく拝殿を眺めていたらしい。

「あっ……」社務所にいるとばかり思っていたので、漣はとっさに言葉が出てこない。うろたえていると、「おかえり」と父が声をかけてきた。

「た……ただいま」

父の目が出流に向けられる。

「君は、日下部の子だそうだね」

「え、あ、はい」

「日下部とは久しく交流がないが……いまのご当主はどなたかな」

「俺……僕の伯父です。日下部宣彦といいます」

「ああ」なるほど、というように父は軽くうなずいた。

「それで、話はなんだ？」

漣に向き直り、父は問うた。

「話があるからここに来たんだろう？」

それで父は待っていたのか、と漣は気づいた。拝殿の前で、漣が来るのを待っていたのだ。

「……和邇が動きだしてる。澪が危ない。だから、協力してほしい」

端的に言った。

父はふたたび拝殿のほうに顔を向けて、思案げな目をする。

「和邇のことは、八尋くんからおおまかに聞いている」

やはりいまも八尋は父へなにかと報告しているようだった。そうだろうとは思っていたが。

「すでに叔父たちと話し合いはした」

父は麻績一族のなかでは若手の部類である。親戚には年寄りが多く、父の叔父が一族をとりまとめる、いわば長老の立場だった。

「話し合いって、それで――」

漣は不安ばかり大きくなるのを抑えて問う。父は拝殿に顔を向けたまま、答えた。

「和邇に対しては昔から静観してきたが、認めていたわけではない。だが、あちらが我々の領分に入ってこないかぎり、こちらも手を出すつもりはなかった。それが、澪に危害を加えるというのであれば、話はべつだ」

「じゃあ」

「当然ながら、むざむざ澪を危険な目に遭わせることはしない。しかるべき者たちを京都へ送る。そう決まった」

ほっと、漣は息をつく。拍子抜けもした。なんだ、と思う。心のどこかで、澪は見放されるのではないかと思っていた。そうなったら父をどう説得すればいいかと気を揉んでいた。取り越し苦労だったのだ。

――見放されることを望んでいたのだろうか？　まさか。

漣はふと胸をよぎったその思いに、総身がぞっと冷えた。まさか。違う。

「ただし」

青白い顔をしている漣に、父が言葉をつづけた。漣はわれに返り、「え？」と顔をあげる。父は漣のほうを向き、顔を見すえた。

「条件がある」

「条件？　なんの……」

「澪を助ける条件だという。伯母をおぼえているか。おまえにとっては大伯母だ」

「坂井の大伯母さん？」

亡き祖父の姉で、もうずいぶんな歳のはずだ。

「伯母のもとを訪れるように言われている。今日明日にも行ってきなさい」

「大伯母さんのとこへ行って……なにをしたら？」

「それは伯母しか知らない。ともかくおまえを寄越すように言われているんだ」

「そうしたら、澪を守ってくれるって？」

――どういうことだろう。

なにを求められているのか、まったくわからない。

漣は自分を見すえている父の顔を見返した。

「父さん、澪は千年蠱を祓うつもりだ。大叔父さんたちは、それもわかっているのか？」

「叔父たちは澪に祓えるとは思っていない」

「父さんは？」

父は視線を落とした。

「祓えるものなら――しかし……」

顔に苦悩の翳が落ちる。

「かえってあの子は、苦しむんじゃないか。祓おうと必死になるあいだも、それでも祓えなかったときにも」

その顔には、いつもの厳格な雰囲気はなかった。迷いと後悔と慈愛の狭間で揺れる、脆弱な父親の顔だった。

「……ともかく、大伯母さんのところへ行くよ。それでいいんだろ」

漣はきびすを返し、母屋のほうへ足早に向かう。出流が黙ってついてくる。ちらちらと父のほうを気にしながら。漣はふり返って父の顔をふたたび見たくはなかった。

——父さんは、俺のことであんな顔をすることはないだろう。

澪に対してだけだ。

漣は澪を案じ、大事に思うと同時に、心底憎らしいとも思う。

大伯母は麻績村の隣、坂井という地域に嫁いでおり、それで『坂井の大伯母』と呼ばれていた。苗字は麻木といったはずだが、名前をなんというのだか、漣は知らない。

「せやから、なんで俺まで」

漣の隣で出流がぼやく。

「ここまで来たらつきあえよ」

漣は小声で返した。ふたりはいま、大伯母の家にいる。素封家なので屋敷は大きく、通された座敷も広々としていた。二十畳はありそうだ。襖で仕切られた向こうも座敷らしく、おそらく大勢で集まるときには襖をとりはらい、大広間として使うのだろう。

　漣たちの正面には、脚が短めの椅子が置いてあった。背面と座面の布張りがゴブラン織りの、座敷用の椅子だ。

　縁側とのあいだに畳敷きの廊下がある。そこを摺るように歩いてくる足音と衣擦れの音がした。現れたのは麻の着物に身を包んだ大伯母だった。もう九十歳になるかならないかという歳のはずだが、背筋はしゃんと伸び、足どりもたしかで、かくしゃくとして見えた。うしろで結った髪はさすがに真っ白で、毛量もすくない。麻の着物は縮で、黒地に小さな白い蜻蛉の模様が織り込まれている。朽葉色の羅の帯をきりりと締めているさまは威厳があった。

　大伯母は付き添いもつれずひとりで、椅子に腰をおろすまでにはいくらか時間がかかったが、手を貸そうと腰をあげた漣を「いい、いい。座ってなさい」と制した。

「歳をとると、立ったり座ったりが大変でねえ」

　ふう、と息を吐いて大伯母は手で膝をさすった。

「あんたはもう二十歳になったんだった？　まだ？　まあでも、大きくなったもんだね。前に会ったのはいつだった？　あんたのお祖父さんの法要だったかしらね。

姉の私がこんな歳まで生きてね――」

耳が遠いのか、声が大きい。滑舌（かつぜつ）があまりはっきりせず、聞き取るのに苦労した。

「そっちの子は誰だったかしらね。漣とおなじ年頃っていったら――え？　日下部？　ああ、麻績の子じゃあないのね。そりゃ知らないわけだわ。もう親戚連中の若い子は、誰が誰だかいちいち覚えてなくってね。よそに出て行く子も多いし。こないだもねえ――」

「大伯母さん。僕に用事があるんじゃないですか」

放っておけば延々と無関係な話がつづきそうだったので、漣は身を乗りだした。

「ええ？　用事？」大伯母も、よく聞こえるようにか、漣のほうに身を乗りだす。

「ここに来るようにと、父に言われて」

「ああ、ああ。そうだった」

大伯母はうんうんと何度もうなずく。

「御堂（おどう）に入ってほしいのよ」

と、大伯母は言った。

「おどう？」

「そう、御堂。ここのね――」大伯母は手を伸ばし、庭のほうを指さす。「家の裏山をね、ずっと登って行くと、御堂があるの。山は麻木の家の所有で、その御堂もそう」

　ああ、『御堂』か、と漣は理解する。

「麻木の家は麻績から分かれた家でね。もうずいぶん前に分かれたから、遠縁も遠縁なのだけど。その分かれた最初の当主が造ったものらしいのね。小さな御堂よ。そこに行って、ひと晩籠もってほしいのよ」

　黙って聞いていた漣だったが、『ひと晩籠もってほしい』と言われて「えっ？」と思わず大きな声をあげた。

「どういう――」

「最後まで聞いてちょうだい。昔から麻木の家では、お盆にそうする決まりだったのよ。御堂のなかで、蠟燭に火を灯してね、供養をするのよ。毎年やってたのよ。それがねえ、息子家族はこんなとこ不便だからって松本に引っ越してしまって、お盆にも帰ってきやしないのよ。いままで私が行けるあいだは私が行って、行けなくなってからは親戚の若いひとに頼んだりしてね、なんとかやってたんだけど、いつまでもつづけられるものじゃなし、御堂は壊してしまおうと思ってるの。その前にあんたが行ってくれたらいいんじゃないかと思ってね」

「どうして僕に」

「だってあんたは、澪のお兄ちゃんだもの」

いや、理由になっていない。ますますわからない。

黙っていると、

「あの御堂を建てた当主も、やっぱり兄だったのよ」

大伯母は言った。

「兄――」

その意味を漣が呑(の)み込む前に、出流が口を開いた。

「多気女王(たきのおおきみ)の生まれ変わりの？」

大伯母は大きくうなずいた。

「そうよ。そしてね、あの御堂は、その妹のために造られたものなの」

澪は波鳥とともにくれなゐ荘の門の前でしゃがみ込んでいた。その足もとには焙烙皿があり、火をつけたおがらがのせられている。細く煙が立ちのぼる様子を、澪はぼんやり眺めていた。澪も波鳥も浴衣姿である。玉青が着せてくれたのだ。浴衣は玉青が若いころ着ていたというもので、祇園祭のさいにも着せてくれたのだが、年に一回着るだけではもったいないと、今日も着ることになったのである。夏休み中にまだまだ着ることになるかもしれない。澪は紺地に桔梗と萩の柄、波鳥は薄縹地に撫子の柄、帯は澪が赤、波鳥が白の博多帯だった。

夕方のぬるい空気のなかに、薄い煙がたなびき、消えてゆく。澪のかたわらには照手がいて、おがらのにおいに鼻をひくつかせていた。

「ふう、暑い暑い」

庭のほうから八尋がやってきた。首にタオルを巻き、右手に団扇、左手にスポーツドリンクのペットボトルを持っている。

「作業、終わったんですか?」

「うん、まあな」

八尋は庭に精霊棚を設え——当初、縁側で作っていたものだ——、その近くに蚊取り線香をいくつか焚いていた。

「お盆にやってくるんは先祖の霊ばかりやない、祀り手のない無縁仏もおるから、先祖用の精霊棚のほかにもそれ用の棚を作る。これは縁側とか軒先とかの室外に祀られることが多い」

お盆で迎える霊をまとめて『精霊』と呼ぶが、これには先祖の霊と、新仏の霊と、家と無関係な無縁仏の霊のみっつが含まれている。地域によって違いがあるそうだが、おおよそ先祖の霊は室内、それ以外は室外に祀られるという。

八尋は今回、無縁仏のための精霊棚を庭に置いた。いつもは縁側に置くそうだ。

「家のなかに入らんようにするためにな。忌部のご先祖さんが帰ってくるのに、まるごと結界ではじくわけにもいかんから……お盆の時期は厄介やな。混沌としとる」

タオルで顔の汗をぬぐい、八尋はため息をつく。

「妙やなと思ったときは、対策を打つのは早すぎるくらいでええ。だいたいそのあと、面倒なことになるから」

「今回も、そうなりますか」

「ならんといてほしいわ」

八尋が警戒しているのは、葦簀が壊れた件である。いやな感じがする、と言う。

——邪霊が引き寄せられてくるのだろうか。

澪のもとへ。お盆だからか？　精霊に紛れて？

なまぬるい風がうなじに触れる。気づけばあたりは薄暗くなりはじめていた。長いこと明るいのに、暗くなりはじめたなと思うとそこからは早い。

「なかに戻ろか」

八尋が焙烙皿を手にとり、澪と波鳥をうながす。おがらは燃え尽きていた。その燃えかすのにおいに混じって、鼻をつく焦げ臭いにおいがしたと思ったのは、気のせいだろうか。

「ごめんください」

玄関を入ろうとしたとき、門のほうから声がして、澪はふり返った。だが、そこには誰もいない。男の声だったか、女の声だったかもわからない。澪はあわてて玄関に入り、戸を閉めた。

「お盆ていうたら、澪ちゃんのとこでもあったなあ」

玄関で靴を脱ぎつつ、八尋がふと思い出したようにつぶやいた。

「え？　はい、うちでもお盆はやりますけど……」

「ああ、いや、そうやのうて、澪ちゃんのお家と違て――隣町やったかな、あそこは。親戚の麻木さんとこ」

麻木さん、と復唱して、記憶をさぐる。「あ、坂井の大伯母さんのとこですか」

「そう、そう。親戚は苗字より地名で覚えとるもんやな。麻績家の親戚やったらうちの親戚でもあるから、そのつながりでな、いっぺん行ったことあんねん。興味もあって」

「興味？」

八尋につづいて澪も下駄を脱いであがり、もたついている波鳥を待って、廊下を進んだ。照手が足もとにまとわりつく。

「知らん？　あの家はお盆のときに変わったことするやろ。家の裏山に御堂があって、そこにひと晩籠もるんや」

「えっ……知りません」

「そうなん？　僕、頼まれて一度やったことあんねん。もう麻木の家でやってくれるひとがおらんとかでな」

「山にひと晩籠もるって、なにをするんですか」

「いや、山ていうかそこにある御堂な。そこに仏像みたいなんが祀ってあって、その前で灯明ともして、供養するっていう。まあ蠟燭の火を絶やさずにおったらええだけで、これといってすることないんやけど。興味深かったわ」

「はあ……」

台所から味噌汁のにおいがする。お盆のあいだは茄子やかぼちゃなど夏野菜を入れた味噌汁になる。

居間に入ると八尋は卓袱台の前に腰をおろして、話をつづけた。

「麻木の家は、麻績から分かれた家でな、その最初の当主は、多気女王の生まれ変わりの兄やった」

急に『多気女王』の名が出てきて、澪は思わず座り直した。

「御堂はその妹のために建てられたもので、そこにある像も妹を模したものやそうや。てことは澪ちゃんにも似とるんかな」

八尋は澪の顔をまじまじと眺める。

「うーん、そうでもないか。ふつうの仏像みたいな感じやったでなあ、似とると言われれば似とるような気もするけど。僕もよう覚えとらん。まあともかく、そのお兄さんは妹を悼んで像と御堂をこしらえたわけや。で、毎年お盆にひと晩中、明かりを灯した」

そこで八尋はちょっと迷うように言葉をとめて、視線をそらした。澪は八尋の言おうとしたことが、なんとなく察せられた。

「――妹の精霊は、帰ってくることはないのに？」

八尋は頭をかいた。

「うん、まあ、そやな。帰ってくることを祈っとったんやろな」

多気女王の生まれ変わりは、生まれ変わるのだから成仏しているわけもなく、お盆に帰ってくるはずもないのだ。多気女王の魂は、その妹とともにあり、そして澪のなかにもある。いや、なかにもある、というより、おなじなのか。澪にはわからない。自分自身のことでありながら、よくわからなかった。

――帰ってくることを祈って、ひと晩中、明かりを灯した。

澪が千年蠱を祓えず死んでしまったら、お盆になっても父母や漣のもとに帰ることはないのだ。

そう思うと、澪は胸の奥がしんと冷えた。ひどくさびしいような、真っ暗闇のなかにいるような心地がした。

「あの晩は、不思議やったなあ……」

八尋が卓袱台に頬杖をつき、感慨深そうにつぶやく。

「なにがですか？」

「夢やったんかな、とも思うんやけど、いちおう、起きてはおったつもりやし。妹と違てお兄さんのほうが、あの御堂には帰ってきとったんかな」

あの御堂を建てた兄の記憶を垣間見たのだと、八尋は言った。

漣と出流は麻木家で豪勢な仕出し弁当をご馳走になったあと、夜食まで持たされて裏山に向かった。

山はさして高くはなく、御堂も中腹より下にある。丸太で階段が作られているので、登るのにも苦労はしない。しかし宵の口でもあり、木々に覆われた山道でもあり、暗くて足もとはおぼつかない。蜩の鳴き声がもの悲しく響き渡っていた。

「まさか山登りするはめになるとは思わんかったわ。スニーカー履いてきてよかったけど」

出流がぼやく。

「俺も思ってなかったよ」

「今晩、麻績くん家で焼肉の予定やったのになあ。それはどうなるん？」

「母さんに連絡しといた。焼肉は明日しようってさ」

「そんならよかった」

漣は足をとめた。宵闇のなか、上のほうに小屋のようなシルエットが見えている。あれが御堂なのだろう。

「蚊とかすごそうやなあ」

「蚊ならまだいいほうじゃないか。ムカデとかカメムシとかたぶんいるぞ」

うええ、と出流はうめいた。「俺、虫苦手やねん」

「大伯母さん、月一で業者に掃除を頼んでるって言ってたから、そうひどいことにはなってないだろ。蜘蛛がいたらいいんだけどな。虫を食べてくれるから」

「蜘蛛も無理」

「それならうちか大伯母さんとこで待ってりゃよかったのに」

「そっちのほうが虫より無理」

涼しい部屋でアイスでも食べて待っているほうがどう考えても楽だろうに、そんなことを言う。

階段を登りきると、木々のあいだにひっそりと建つ御堂があった。小さな社のようで、入り口は格子戸になっている。登っているうちにすっかり暗くなり、外観も格子戸のなかもよく見えない。漣も出流も懐中電灯をとりだした。大伯母が貸してくれたものだ。

懐中電灯の明かりで外観を照らしてみる。古い木造の御堂だ。苔と黒黴で汚れている。何度か補修はされているのだろうが、黴くさい、古びた木材のにおいがした。戸には南京錠がとりつけられている。漣は大伯母に渡された布袋から鍵をとりだし、出流に手もとを照らしてもらいつつ解錠した。ひとりならこの暗いなか、もたついていただろう。成り行きではあったが、出流がいてよかったと思った。

石段をあがってなかへと入る。月に一回、業者によって掃除されているだけあって、なかはきれいだった。予想したほど虫もいない。小さなコガネムシのたぐいが懐中電灯の光にときおり照らし出された。それだけで出流は「うわっ」と小さく声をあげていたが。

漣は床に袋を置くと、なかから蠟燭と燭台をとりだし、ライターで火をつける。ほのかな明かりが灯り、いくらかほっとする。堂内には備え付けの燭台がいくつもあると聞かされていたが、たしかに左右の壁沿いに並んでいる。漣と出流は手分けして蠟燭を立て、火を灯した。堂内が明るくなる。

「麻績くん、あれ」

出流が前方を指さした。正面に像がある。神像のようでもあるし、観音像のようでもある。女性像であることはたしかだった。長い髪をうしろで結った、細面の像。目もとは切れ長で涼しげだが、面差しは柔和で、頬はふっくらとして若々しい。

――澪に似ている。

そう思うのは、大伯母から話を聞いたあとだからか。多気女王の生まれ変わりを妹に持った兄。彼が造らせた、妹の像。二十歳になる前に死んでしまった少女。

大伯母の声音がよみがえる。

——その兄と妹は、神官と巫女として各地を転々と放浪していてね……。

目の前にある像は、大事に保存されてきたようだが、彩色はかなり剝げ落ちてしまっている。おそらく巫女装束をまとった姿なのだろう。

この像の前で、兄はなにを思い、ひと晩中、火を灯していたのだろう。

「麻績くんの妹さんに似てるな」

出流は像を眺めてつぶやく。

「そうか?」

そうだな、と言わなかったのは、この像の少女が辿る運命を、澪に重ねたくなかったからかもしれない。

「俺、あの妹さんにはちょっと疑問があるんやけど」

「え?」

漣は像から出流に視線を移す。出流は像のほうを向いたままだ。

「千年蟲を祓いたいって言うけど——」

「無理だって話か?」

「いやいや。逆」

「逆？」

出流は漣のほうに顔を向ける。

「あの子やったら、いますぐにでも祓えると思うんやけど」

漣は出流の意図がわからず、わずかに眉をよせた。

「どういう意味だ？」

「いや、どういう意味もなにも、そのままやけど。だって、あの子は龍神かて降ろせたやないか。たとえ千年蠱がどんだけすごかろうと、神には勝てへん。それやったら、あの子にはもう千年蠱を祓えるはずや」

「そんな簡単には……」

いかないだろう、と言いかけ、口を閉じる。どうなのだろう。たしかに理屈ではそうかもしれないが――。

いや、と漣は軽く首をふる。

「それが可能なら、いままでの多気女王の生まれ変わりが祓えているはずだ。それだけの力がないから、皆死んでいった」

「そやろか」

出流の瞳には蠟燭の火が映り込み、揺らめいている。その灯火を見つめながら、漣は胸の奥底が不安定に揺らぐのを感じていた。

「だって、それなら……それなら、どうしたら」

そのとき、床に置いた蠟燭の火が、細く高く伸びあがった。漣も出流も、はっとしてその火に目が釘付けになる。ふう、と格子戸のほうからかすかな風がひと筋、吹いた。火が煙のようにゆるやかにたなびき、また高く伸びあがり、少女の像を照らした。

――……い……。

耳もとで声がした気がして、漣は首を巡らす。もちろん漣と出流以外には誰もいない。

漣は像を見あげた。頭のなかに記憶がよみがえる。いや、違う。これは己の記憶ではない。長い髪をうしろで束ね、小袖を身にまとった少女の姿が、ありありと脳裏に浮かぶ。少女の顔は澪そのものだった。

八尋が御堂でのことを話しだしたところで夕ご飯の支度が整い、澪たちは食事を優先した。味噌汁にちらし寿司という献立である。寿司酢がさっぱりとしていて箸が進んだ。茗荷（みょうが）の甘酢（あまず）漬けも添えてある。

「麻生田（おうだ）さん、さっきの御堂のことですけど――」

食事を終えてから、澪は八尋に尋（たず）ねた。多気女王の生まれ変わりがかかわる話なので、聞きたかったのだ。

「うん、あれな」

八尋は縁側で蚊取り線香に火をつけている。独特のにおいが煙とともに漂（ただよ）った。

「……そんなに蚊、います？」

話の前にそちらが気になった。さきほど庭でも焚いていたのに。

「蚊ていうより、邪霊よけにな」

「効（き）くんですか」

「いや、来たらわかるてだけ」

どういうことかわからず首をかしげるが、「まあそのうちわかるわ」とだけ八尋は言って笑った。

居間に戻ってきた八尋は畳の上に腰をおろす。波鳥は澪とともに卓袱台の前に座っており、照手は澪のかたわらで身を伏せている。朝次郎と玉青は仏間にいるはずだ。

「御堂で一夜を過ごすあいだ、経験してない思い出ばっかり頭に浮かんできてな。あれはあの御堂を建てた麻木の当主のものやったんと違うかな。兄の目を通した妹の姿が見えてな。兄妹は神官と巫女として放浪してたって話は麻木のおばあさんから聞いてたけど、そういう日常が見えとった」

八尋は縁側のほうに顔を向け、どこか遠い目をする。当時のことを思い出しているのだろうか。

「仲のええ兄妹やったみたいやな。妹のほうは、いま思えば澪ちゃんとおなじ顔しとった気がするけど、雰囲気が違たから、やっぱ違うように見えるわ。顔がおなじでも違うもんやな。でも、優れた巫女やったんはおなじ。妹さんは神降ろしもできたし、死霊も呼べた。それで日銭を稼いどったわけや。ほんで、各地を放浪しとったんは、呪いを解く方法をさがすためでもあったみたいなんやな」

そこで八尋は言葉を切り、頭をかいた。そのさきを言い淀んだ理由はわかる。

「でも、結局その方法は見つからず、死んでしまったんですね」

「うん、まあ」八尋は申し訳なさそうな目を澪に向ける。澪とおなじ多気女王の生まれ変わりが、呪いを解こうとして果たせず死んだ。そう聞いて落ち込むと思ったのだろうか。そこまで気を遣わなくて大丈夫なのに、と澪は思うが、そう口にするとかえって気を遣わせそうに思い、黙って目を見返した。

「その子はな、当時の千年蠱に会うて、祓おうとしとったな。それまでにもそんな子がようけおったんやろうけど」

いまの澪だって、そうである。

「ええ線いっとったようやけど……あかんかったなあ」

八尋は蚊取り線香の煙をぼんやりと見つめた。煙ではなく、いつかの記憶を辿っている。

「あれを見たら多気女王の生まれ変わりが千年蠱を祓えへんていうの、ようわかるんや」

ぽつりと言った八尋の言葉に、澪はつかの間、ぽかんとした。

「……え？　どういう意味ですか」

澪の言葉の途中で、八尋は腰をあげた。片膝をつき、蚊取り線香の煙をじっと見すえている。横顔にぴりっと緊張が走っていた。そのただならぬ雰囲気に澪も口をつぐみ、八尋の視線を追って煙を見た。

煙は、ちぎれて散っていた。綿毛のように。

「ふたりとも、仏間のほうへ行ってくれ。全員で固まったほうがええ」

「は――はい」

澪と波鳥はその指示どおり仏間へ走った。照手も一緒についてくる。すこし遅れて八尋もやってきた。

仏間には朝次郎と玉青がいて、ふたりは精霊棚の前に座布団を敷いて座っていた。駆け込んできた澪たちに玉青は目を丸くして、朝次郎は動じたふうもなく、八尋に「来たんか」と訊いていた。

「来ました。ただあれは――」

八尋の声に、ガシャン、となにかをたたく耳障りな音が被さった。

「ごめんください」

声がする。男か女かも判然としない、くぐもった、間延びした声だ。澪は夕方、玄関先で聞いた声を思い出す。そうだ、この声だ。

ガシャン、とまた音が響く。玄関の引き戸をたたく音だと気づいた。手のひらで乱暴にたたくような音だった。ガシャン、ガシャン、と次第に音のする間隔が短くなり、「ごめんください」と呼ばう声も間断なく聞こえ、その声はだんだんと金切り声に変わってゆく。もはやなんと言っているのかもわからなかった。

唐突に音も声もやんだ。静寂があたりを包む。

ふつっ、とかすかな音がした。軒先に垂らした葦簀が一枚、真ん中あたりからちぎれて、落下した。その向こう、庭先に何者かが立っている。腰から上は残った葦簀に隠れて見えない。夜の闇に紛れて姿形ははっきりとせず、ただ黒い影のようだった。

ひとではない、ということだけは、澪にもわかった。その影はそこに佇み、左右にゆらゆらと揺れている。

「麻績澪」

ふいに声がした。玄関のほうから聞こえていた、くぐもった声だ。

——こっちに回ってきたんだ。

汗をかいた背筋がすっと冷えた。

八尋が澪をふり返り、黙っているように、という合図でひとさし指を己の唇にあてた。澪は何度もうなずいた。

「麻績澪」

声はくり返し澪を呼ぶ。

――どうしてわたしの名を呼ぶのだろう。

ふだん寄ってくる邪霊とは違う。二十歳になる前に死ぬ、と呪詛の言葉を吐きかけるのでもなく、襲ってくるのでもなく、こちらに興味がないのでもない。得体の知れない薄気味悪さがあった。声は抑揚なく淡々と、一定の間隔で澪を呼ぶ。異様な声だった。澪は耳をふさぎたくなる。これが延々とつづくのであれば、もう返事をしてしまいたい。そう思わせる声だった。

「大丈夫や」

緊張が極限に達しそうだった澪の耳に響いたのは、朝次郎の落ち着きはらった声だった。

驚いてふり向くと、朝次郎は澪を見てうなずく。

「こっちには照手がおる」

え、と澪はかたわらにいる照手を見おろす。照手は庭のほうを向き、いまにも飛び出しそうに身をかがめていた。

「あれがこっちに入ってこんのは、照手がおるからや。襲ってきた瞬間、照手が返り討ちにする。おそらくいままでもそうしてきたはずや。覚えないか？」

「え……」

照手が返り討ち？　わからない――それらしきことが、なにかあっただろうか。

「昼間のあれ、そうですかね。精霊棚を作ってるとき、葦簀がちぎれかけて」

八尋の言葉に、「そやろな」と朝次郎が答える。

そういえば、と澪は記憶を掘り返す。部屋の窓になにかぶつかったことや、室内になにかの悪いものの気配を感じたことはあったが。

それを口にすると、朝次郎はうなずいただけだった。照手がなにかを防いでくれたらしい。いま庭先にいるあれみたいなものを。

「あの……」波鳥がおずおずと口を挟む。「――『あれ』って、なんのことですか？」

朝次郎は、

「呪詛や」

と短く答えた。

――呪詛。

澪は庭の影を凝視する。あれは澪の名を呼んでいる。つまり澪に向けられた呪詛だということだ。

「あれに答えてみ。大丈夫やさかい。照手は忌部の守り神や」

朝次郎が言う。

「麻績澪」

また声が響いた。澪はごくりとつばを飲み込み、声を発した。

「――はい」

その瞬間、動いたのは照手だった。庭のほうに向かって跳躍（ちょうやく）する。葦簀がちぎれ飛んだ。水のにおいがする。せせらぎに似た、呪文（じゅもん）を唱（とな）えるような女の歌声が響き渡る。

――これは、あのときとおなじ。

虎ノ尾（とらのお）の産屋（うぶや）跡のときと。

澪は水の流れを感じる。清らかな水流があたりに満ちている。その流れのなかに、澪は袖を翻す女の姿を見たような気がした。

ふいに背中が重くなり、体を起こしていられなくなる。澪は畳の上に伏せた。なにかがこの場に降りてくる。そう感じた。呪文を歌う女とはべつの者。いや――。

――女がこれを呼んだのだ。

なぜだか、そうわかった。懐かしさすら感じる。

呼ばれた者が、この場を支配する。体にかかる圧迫感は強さを増す。呼ばれた者、この場を支配している者――これは、神だ。神が降りている。

目を閉じると、澪に放たれた呪詛が餓鬼のような姿に変わり、逃げようとするのが見えた――目を閉じているのに、むしろそれがよくわかった。水の刃がその餓鬼を貫き、餓鬼ごと、遠くへと飛んでゆく。そのさきにいるのは、おそらく呪詛を行った者だろう。そこへ帰ってゆく。

澪は目を開け、顔をあげた。

目の前には、夜の庭があった。葦簀が落ちて、そこだけぽっかりと闇が覗いている。静かだった。虫の鳴き声だけが聞こえる。腕にやわらかな毛が触れて、びくりと見おろす。照手がそばにいた。

「……て、照手……あなたはいったい……」

照手は澪の膝にのりたがり、前脚をかける。澪はとりあえず抱きあげて、膝にのせた。

「照手は忌部の守り神や」

さきほども言っていたことを朝次郎はくり返す。

「守り神……」

「巫女神や。忌部の巫女たちの霊が集まったもので言うたらええんか。照手は神直(かむなお)毘神(びのかみ)を呼んでくれる。わかるか？　禍(わざわい)を正す神や。忌部の祀る神でもある。呪詛に強い」

――禍を正す神。

それを呼ぶのが照手。巫女神。じゃあ、と澪は考える。虎ノ尾の産屋跡であれも、照手がやったことなのだろうか。

「どうしてそんな守り神が、わたしのそばに……」

「気に入られたんと違うか。照手は気に入ったやつの言うことしか聞かん」

そうなのだろうか。澪は膝の上の照手を撫でる。照手は眠ってしまっていた。

「ほんで、結局どこの誰のしわざなん？　呪詛て、やりかたが陰険やわ」

きつく眉根（まゆね）をよせて腹を立てているのは、玉青である。「葦簀も壊れてしもたし」

そうだ、呪詛というからには行い手がいる――澪の心当たりといえば、ひとつしかない。

「和邇やろなあ」

八尋がくたびれたようにため息をつきつつ言った。「ほかにおらへんやろ？　澪ちゃん」

「そうだと思います」澪はうなずいた。高良（たから）も言っていた。和邇は呪詛を使うと。

「和邇に狙（ねら）われてる、いうこと？　澪ちゃんが」

玉青が眉をあげる。いまさらながら澪ははっと気づいた。澪が狙われているということは、このさきも今日みたいにくれなゐ荘に迷惑がかかるかもしれないということだ。

「あの――」

「ほんなら、本腰入れなあかんな」

玉青の言葉に、澪は「え？」と訊き返した。

「和邇がそのつもりなら、忌部もおとなしゅうしてるわけにはいかん。当たり前やけど、澪ちゃんは守る」

隣で朝次郎もうなずいていた。玉青の額には青筋が浮いている。

「忌部はあのとおり本家がないも同然やし、あたしは蠱師やないし、このひとも引退してるけど、なにもできひんわけと違うさかい」

「本家はああやけど、忌部に蠱師がいてへんことはないさかい、声かけてみよか」

朝次郎までがそんなことを言う。

「麻生田の家にも報告しとかんとなあ」

八尋がそう言うのに驚いて、澪は目を丸くした。

「麻生田さんの実家に？」

八尋は実家と折り合いが悪いはずだ。

「こうなってくると、個人の問題と違うから。家が出てくるとな、当然こうなるわ。それは和邇もわかっとると思うけど……おたがい静観しとったのは、おたがいが手を出さんかったからや。麻績も黙ってへんやろし、和邇は麻績、忌部、麻生田を相手にすることになるやろ」

八尋は澪に向かって、ちょっと笑った。

「藪をついてしもたわけやなあ、和邇は」

澪には計り知れないところで、蟲師たちが動きはじめる。すべてが変化に向かって動いてゆく、その川のような流れを、澪は感じとっていた。


その妹は、せり、という名のようだった。漣は茫洋とした意識のなかで、兄の記憶を辿っている。

彼らは、放浪のなかで千年蟲と巡り会った。偶然であったのか、それが運命であったのか。彼らは協力し合い、呪いを解こうとしていたようだ。だが――。

『兄さま、わたしには、あのかたを祓えませぬ』

せりは泣き伏していた。兄の胸中が絶望に満ちているのを、漣は感じていた。

『多気女王の魂が、それを拒むのです』

彼女は切々と訴える。

『千年蟲にかけられた呪いさえ、多気女王の望みではなかったかと、そう思うのです。なぜなら、その呪いがなければ、多気女王は千年蟲に二度と会うことは叶わなかった。千年蟲をこの世にたったひとり残して、死んでゆくことになったはず』

澪とおなじ顔で、澪はしない表情を、せりは浮かべている。

『多気女王は千年蟲をいずれ救うために、呪いを受け入れたのではないかと——』

——そんなことがあるだろうか。

そう思ったのは、兄の記憶か、漣の感情か。

だったら救うために、いま千年蟲を祓うべきだと、兄は主張している。

せりは力なく首をふる。

『多気女王がいずれ、とさきへ託したのは、己では祓えなかったからです。千年蟲を滅することを、できかねたのです。どうしてもできなかった。わたしもおなじ。どうしても、できぬのです。あのかたがどこにもいなくなってしまうと思うと、わたしにはどうしても——』

せりは呪いの言葉を吐く。

『それくらいなら、わたしが死んで、来世で巡り会いたい』

視界が黒く染まる。絶望と怒りと悲哀が綯い交ぜになり、兄の慟哭が響いている。

地獄だ、と漣は思う。地獄じゃないか。いや、呪い。呪いだ。魂の底まで染まった、がんじがらめの、出口のない呪いの沼で、溺れている。多気女王も千年蟲も。澪も高良も。ぐちゃぐちゃの沼の底に、沈んでゆくしかない。

漣もまた。

目を覚ますと、漣は固い床の上に寝そべっていた。あたりはうっすらと明るい。見慣れぬ景色にしばし混乱するが、御堂にいることを思い出した。

「目ェ覚めた？」

眠たげな声がしてそちらを見ると、出流がかたわらに座っていた。

「麻績くん、蠟燭の火がぶわーっとなった途端、ぶったおれるんやもん。びっくりしたわ」

「……」漣はまだ頭がぼんやりとして、覚醒しない。のろのろと起きあがると、頭の下に枕代わりのタオルが敷いてあった。

「悪い……」

タオルを返すと、出流は「床に寝てたから、体バキバキと違う？」と笑った。たしかに体のあちこちが痛い。

「おまえは、寝てないのか？」

「まあ、いちおう。火もついてるし」

漣は額を押さえた。「ごめん。俺が起きてないといけなかったのに」

面目（めんぼく）なさに居たたまれなくなるが、出流はけろりとした顔で、

「いや、たぶん麻績くんは寝るのが役目やったんと違う？」

「そんなわけないだろ」

「蠟燭の火が伸びたとき、なんか御堂に入ってきたやん。それが麻績くんのなかに潜（もぐ）り込んだんとちゃうかな」

「……気持ち悪いこと言うなよ」

漣は胸のあたりをさすった。だが、言っていることは当たっていると思う。漣はこの御堂を建てた兄の記憶を見た。妹の姿を見た。千年蠱を祓えないと言って泣き伏す妹の姿を――。

「多気女王の生まれ変わりに、千年蠱は祓えない……」

つぶやくと、出流が眠そうにしょぼつかせていた目を見開いた。

「なに、どないしたん？」

「いや……、夢を見た。夢というか、記憶か」

漣がその内容を話すと、出流は「へえ」と気のない返事をした。興味がなさそうだ。

「やっぱり、俺の言うたとおりやんか。多気女王の生まれ変わりは、千年蟲を能力的に祓えへんのと違う。魂が拒絶してるんや」

——魂が拒絶している。

朝陽(あさひ)が差し込んでいるのに、漣は目の前が暗くなる。

「そんなの、どうすればいいんだ」

なすすべがない。永遠に、千年蟲とともに生まれ変わる運命に従うしかないというのか。

「あきらめたらええやん」

出流はあくびを噛(か)み殺しながら、軽く言う。

「麻績くんのお父さんも言うてたけど、千年蟲を祓おうとあがいて、結局できんてなるほうがしんどない？　心穏やかに残り時間過ごしたほうが——」

「黙れよ」

漣は抑えた声で、端的に出流を制止した。出流は口を閉じる。が、すぐにまた開いた。

「なんでなん？　麻績くんて、べつにそこまで妹さんのこと好きと違うやろ。なんでそんな必死こいて妹さんを助けようとするん？」

軽い調子ではなく、淡々と問われて、漣は答えに詰まった。

「そんなの……深く考えたことがない」

「そう？　どっちか言うたら両親のためとか、両親に見放されんようにとか、そういう気持ちがあるんかなて思てたわ」

漣はあきれた。

「おまえな……、ひねくれすぎだろ」

出流は笑って肩をすくめた。

「性分（しょうぶん）やねん。いやなこと考えるの。性根（しょうね）が曲がっててごめんな」

漣も思わず笑ってしまった。

「いや……まあ、ちょっとはあるかもな。そういう気持ちも」

澪が怪我をすると両親がつらそうな顔をするから、漣は澪のそばで世話を焼いた。両親が安心するから澪のいる京都を進学先に選んだ。漣の人生は澪に歪められている。そう思うこともある。澪とケンカをすればなおさら強く、そう思った。

「でも、やっぱり……いやなんだよ。澪が死ぬのは。ただいやなんだ」

まったく理路整然とした答えになっておらず、子供か、と漣は苦笑した。ただの感情しかない。

出流は、「へえ」と、今度は興味を覚えたような声音で言った。

「俺はきょうだいがおらへんから、わからんけど。おったらそんな気持ちになるんかな」

「べつに、きょうだいとか身内に限った話じゃないだろ」

「ああ、そうか。そう言うたらたしかに、俺も麻績くんが死ぬのはいややな。そういう感じかな」

おなじかどうかは知らない。だが、こいつでも他人のことをそんなふうに思うのか、と妙な感慨を覚えた。

「……俺も日下部が死ぬのはいやだな」

「いや、そんな気ィ遣うてくれんでもええで」

「そこは素直に受けとれよ。ふつうにいやだろ、友達が死ぬのなんて」

出流は「へへっ」と変な笑いかたをした。照れているのだと一拍おいて気づいた。わかりにくい男である。

「厄介なんは、多気女王もそう思てるてことやなあ」

「え？」

「千年蟲に死んでほしない。消えてほしくない。せやから祓えへんわけやろ」

「ああ……」

漣は膝を抱え、格子戸から差し込む陽光を眺める。なにか方法はあるのではないか。あってほしい。

「呪いだけ解ける方法があったらな……」

そうこぼすと、出流が「ん？」と訊き返してくる。

「だから、千年蟲——というか凪高良を消さずに、千年蟲と澪の呪い、それだけ解く方法があればな、って言ったんだよ」

「うん、せやな」出流は腕組みをして、頭上の梁をしばらくにらんでいた。それから、「ほんまにそれやな」と膝を打った。

「その方向のほうがなんぼか活路が開けそうとちゃう？」

「いや、でも高良と千年蠱は同一のものだろ。千年蠱は呪詛そのもので」

「自分から言うといてなんですぐ否定すんの？　多気女王が千年蠱を消したない以上、そう考えるほかないやん」

漣は黙る。そう――そう考えるほかない。高良を殺さずに、呪いだけを。

「そうだな」

「そやろ」

出流が笑い、漣も肩の力が抜けて笑った。陽光が濃さを増し、御堂のなかは白々(しらじら)と照らされていた。

数日ののち、漣は京都へ戻ることにした。駅まで送ると言う母の車に旅行鞄やらおみやげやらを積み込んでいると、父がやってきた。

「これを持っていきなさい」

手渡されたのは、麻紐(あさひも)である。輪にして結んである。

父の顔を見ると、

「魔除けのお守りだ」

と言う。

「澪に？」

澪も今度帰省するのだからそのとき渡せばいいのに、と思いつつ訊くと、父は変な顔をした。虚を衝かれたような、唖然としたような。

「おまえのだ」

え、と漣は麻紐と父とを見比べた。

──俺に？

「おまえはしっかりしているようで、ぼんやりしたところがあるから、気をつけなさい」

小さな子供に注意するかのように父は言う。漣はうろたえていた。まったく予期せぬ出来事だったからだ。

「君にも」と父は傍観していた出流に麻紐を渡す。出流も予想していなかったようで、「えっ、あっ、どうも」と挙動不審になっていた。

用事はそれだけだったようで、父はさっさと社務所のほうへと戻っていった。

「麻績くんのお父さんて、麻績くんとよう似てるわ」

「え……いや似てないだろ」

「似てへんと思てるの、麻績くんだけやと思うで」

「……」

漣は黙って麻紐を眺めた。

「心配性なとこがそっくりなのよね」

玄関を出てきた母が笑いながら言う。「心配のしかたが下手なのもね」

さびしがりなのよ、ときどき電話でもしてやってね、と言う母の言葉に、ああ、うん、と生返事をして、漣は後部座席に乗り込んだ。

お盆が終わろうとしている。五山の送り火が灯される日の黄昏時、澪はくれなゐ荘を出て、近くの路地を歩いていた。紺地に桔梗と萩の浴衣に身を包み、腕には照手を抱えている。近所の家の板塀から凌霄花がこぼれて、咲き誇っている。橙色の花は夕陽のようだった。

その花の下に、高良がいた。花の影が白い頰に落ちている。

「――あなたがひとりでなければいいのだけど、ってずっと思ってたの」

澪はすこし手前で立ち止まり、話しかける。高良はけげんそうにわずかに眉をひそめた。

「八瀬（やせ）の屋敷で、話し相手とか、誰かいるのかなって。青海（あおみ）さんとか、いたんだろうけど。――多気女王も、きっとそんなふうに思ってたんだろうね」

『多気女王』の言葉に、高良の表情はぴくりと反応した。

「あなたをひとりにしたくなかった……自分が死んだあとも、あなたは何度も何度も、ひとり孤独に生まれ変わりをくり返さなきゃならない。多気女王は、そうさせたくなかったんだね」

だから呪いを受け入れた。千年蠱のために。

八尋から、そしてくれなゐ荘に戻ってきた漣から、澪は話を聞いた。多気女王の生まれ変わりは、千年蠱をどうしても祓えない。

「この呪いは、多気女王の願いでもあったんだね」

ぽつりと言うと、高良は苦しげに顔を歪めた。

「そんなものは――」うつむいて吐き捨てる。「願いでもなんでもない」

「高――」

「馬鹿なんだ、あいつは。おまえもだ。皆そうだ。その願いとやらで、あいつは自分自身も、おまえたちの命もすべて、すべてだ、犠牲にしているんだぞ。いや、そうさせたのは俺だ」

「巫陽(ふよう)」

その名を呼ぶと、高良は言葉をとめ、顔をあげた。巫陽は、千年蠱にされた死霊の名だ。彼の本来の――魂の名だ。

「多気女王の魂はあなたを消し去ることを拒んでいる。それなら、とるべき方法はひとつしかない。呪いだけ解いて、あなたは消さない」

高良は力なく笑った。

「俺自身が呪いであるのに？」

「より実現可能な道を選んでいるの」

「むしろ不可能な道だろう」

「いままで試(ため)したひとはいた？」

高良は口をつぐむ。いないのだ。

「だったら、わたしはこの道を試すから」

「試して――だめだったらどうする。いままでそんな真似を試みたことがないのは、不可能だからだ」

「いままでは無理でも、これからはできるかもしれないでしょ。わたしには波鳥ちゃんがいて、照手もいる。もちろん雪丸も」

高良の視線が澪の抱えた照手に向く。

「……照手か。それは忌部の守り神で、本来は麻績の巫女を守るものじゃない。秋生のおかげだ」

「秋生？　秋生って、忌部秋生さん？」

照手の主だった蟲師だ。澪は彼の幽霊と遭遇した。

「あれはいま俺の屋敷にいる」

「成仏したんじゃなかったんだ」

てっきり成仏したものだと思っていた。まさか高良とともにいるとは。

「照手は秋生の命でおまえを守ってる。秋生に感謝するんだな」

「『ありがとう』って伝えておいて。でも、そう……秋生さんがそばにいるんだね」

よかった、と思う。たとえ幽霊でも、八瀬のあの屋敷に秋生がいて、高良の話し相手になっていると思うと。

「成仏しろと言うのにしない。俺が死んでも居残っていそうだな」

ふっ、とかすかに高良は笑った。ゆるく風が吹いて凌霄花が揺れる。日は落ちて、宵の薄闇があたりを包んでいた。凌霄花の花は、そこだけぽつりと灯った、灯火のように見えた。

高良は路地を引き返すと、青海がドアを開けて待つ車へと乗り込んだ。青海は山荘の管理人から早々に高良のもとへと戻ってきた。青海の代わりに高良の世話係になっていた男が、呪詛返しで人事不省に陥ったためだ。澪へ呪詛を放っていたのはその男である。つまらぬことをしたものだ。当主の命令とはいえ。

青海は静かに車を出す。高良は座席の背にもたれかかり、宵闇に包まれた家並みを見るともなしに眺めた。

麻績、忌部、麻生田の三家は結束して和邇に対抗するだろう。日下部はどう出るか。忌部の守り神と和邇の巫女が麻績の巫女につき、なにかが変わるだろうか。

――そんなことはないだろう。

どうにもならない。なのになぜ。

高良は目を閉じる。よみがえってくるのは、死ぬ間際(まぎわ)の多気だ。

あのとき、間違いなく、多気は言った。

――あなたを決して、ひとりにはさせないから……。

目を開けると、闇のなか、家々から漏(も)れる明かりが、遠い星のように輝いていた。

―番外編―

虚ろ菊

その日、茉奈はくれなゐ荘を訪れた。

夏休みもあと数日で終わる。長野に帰省していた澪が昨日戻ってきたというので、茉奈は遊びに来たのだ。北海道旅行のおみやげと、澪への誕生日プレゼントも渡したかった。

「こんにちはあ」

玄関で声を張りあげる。だが、返ってくる声も近づいてくる足音もない。周囲には蟬の声ばかり響いていて、家のなかからは物音ひとつしなかった。

冷房をつけて閉め切っていたら聞こえないかもしれない、と思い、茉奈は引き戸を開けて身を乗りだし、ふたたび「こんにちは!」と声を放った。

家のなかは薄暗く、しんとして、やはり物音がしない。茉奈は首をかしげた。

――おかしいなあ。

約束していたのに、留守ということはあるまい。それに、ここは下宿屋で、澪と波鳥が出かけているにしても、管理人夫婦がいる。どうして誰も出てこないのだろう。

――急用ができたんやろか……全員で出かけなあかんくらいの。

誰かの急病とか、そういう。そういえば前に下宿人のおじさんが事故で入院したということがあった。そんな感じの用事ができたのかもしれない。まだなんの連絡もないし、玄関に鍵をかけていないのも不用心だが、それくらいのっぴきならないことが起こったのかも——と考えた茉奈は、とりあえずなかに入り、上がり框に腰をおろした。携帯電話をとりだし、澪と波鳥にメッセージアプリで連絡を入れてみる。しかしメッセージは既読にならない。電話をかけてもつながらない。

しばらく待ってみよう、と茉奈はアプリを切り替え、ソーシャルゲームをやりはじめた。元来、のんびりした性格なので、待つのは苦ではなかった。それにこの玄関は涼しい。また外の暑さのなかを歩いてバス停まで戻るほうがいやだ。古い家というのはこんなに涼しいものなのだろうか。冬は寒そうだけれど——ふと、茉奈は腰のあたりにひときわ冷気を感じてふり返った。近くの部屋の戸が開いて、冷房の風が漏れてきたのかと思った。

廊下の突き当たりを、着物姿の女性が横切ったのがちらりと見えた。一瞬だったのでよく見えなかったが、着物なら管理人の玉青だろう。そう思い、茉奈は腰をあげた。

――なんや、いはるやん。

茉奈の声にも、ここに座る姿にも向こうは気づかなかったのだろうか。まあいいや、と茉奈はなかへとあがった。廊下を進み、居間を目指す。何度か訪れているので間取りはわかっている。歩くたびに床板がきしんだ音を立てた。あれっ、と思ったのはそのときだ。さきほど玉青が通ったときには、こんな音はすこしも聞こえなかった。

ぱさっ、と背後でかすかな音がして、茉奈はふり返る。床の上に着物が落ちていた。

「……えっ、なんで？」

思わず声が出る。なぜ急に着物が。きょろきょろしても廊下には誰もいない。窓もない廊下で、その辺で干していたのが飛んできた、なんてはずもない。意味がわからない。

茉奈は本能的にあとずさっていた。気味が悪い。見たくないのに、なぜか着物に目が行ってしまう。華やかな着物だった。濃い紫色の地に、種々の菊の花がぎっしり描かれている。ところどころ金糸、銀糸の刺繍も入っていた。

――この着物……。

さっき見たのとおなじであるような気がした。一瞬だけだが、廊下を横切った玉青の——いや、玉青だと思ったが、顔形は見ていない。

体温がすっと下がった。あとずさろうとして、足がもつれて尻餅をついた。顔に影がかかり、暗くなる。見あげると、着物がふわりと持ちあがり、茉奈のほうに覆い被さろうとしているかのようだった。美しい紅の裏地が見えている。それがまるで、大きく開けた口のようで、茉奈は気づいたら大きな悲鳴をあげていた。

ばたばたと乱れた足音がする。

「あれ、茉奈ちゃん？」

声がして、茉奈はぎゅっと閉じていた目を開ける。ふり返ると、八尋がいた。

「なに、どないしたん——」

尋ねる八尋の声は途中でとまる。その視線を辿り、茉奈もおそるおそる前を向く。着物が床に落ちていた。

「なんでこんなとこに」とのつぶやきは、茉奈に向けられたものではない。八尋は着物を拾いあげると、背後をふり返った。

「仏間に置いといたはずですよね、先輩」

八尋のほかにも誰かいるらしい。茉奈はそちらに目を向けた。廊下の奥に男性が立っている。八尋より歳（とし）は上だろう。栗（くり）色の髪に白い肌（はだ）の、端整（たんせい）な顔立ちの男性だった。上質そうなブラウンのサマーニットにネイビーのパンツという、ひと足早く秋めいた、ノーブルな出（い）で立（た）ちである。ひと昔前の映画俳優みたい、と茉奈は思う。『ひと昔前の映画俳優』が具体的に誰か訊（き）かれたら茉奈もさっぱりわからないが、ともかくそんなふうに思わせる独特の雰囲気のある美形だった。

「そういう着物やねん」

物憂（ものう）く、おっくうそうな口ぶりで『先輩』とやらは言った。

「せやから、君に頼んでるんやないか」

「まあそうですけど」

茉奈は八尋と『先輩』とを見比べる。「あの」と口を挟（はさ）んだ茉奈に、「あっ、そうやった」と八尋は思い出したように茉奈に向き直り、手をさしのべた。茉奈はその手を借りて立ちあがる。腰が抜けてなくて、よかった。

「茉奈ちゃん、どないしたん？」

「今日、澪ちゃんたちと会う約束してて」

「あ、そういや澪ちゃんがそんな話してたな」

「澪ちゃんと波鳥ちゃんは――」

「今日は玉青さんと朝次郎さんがそろって出かけとってな、漣くんも友達と課題するて言うて朝からおらへんし、澪ちゃんと波鳥ちゃんは、なんやばたばたお茶やらなんやらの準備しとったけど――茉奈ちゃんを迎える用意やろな、ほんで、お菓子がないから買うてくるて、ちょっと前にふたりして出て行ったわ」

お菓子がなくてあたふたと買いに出かける澪と波鳥の姿は茉奈にも容易に想像できた。お菓子なんてなくたっていいのにな、とも思う。

「玄関で『こんにちは』て声かけたんですけど、誰もいはらへんみたいやったから――」

実際には八尋たちがいたわけだが。なぜ出てきてくれなかったのだろう、と八尋を見れば、彼はけげんそうな顔をしていた。

「変やな。うるさくしとったわけでもないし、聞こえるはずやねんけど。誰の声も聞こえへんかったわ」

「玄関の戸を開けてもういっぺん、声かけたんですけど……。それで、なかでちょっと待たせてもらおかなと思てたら、廊下の突き当たりを、ちらっと着物姿の女のひとが通り過ぎてったのが見えて、てっきり玉青さんや思て、なかにあがらせてもろたんです。そしたら、誰もいはらへんし、うしろにこの着物がいきなり落ちてて」

茉奈はごくりとつばを飲み込んだ。怖さがよみがえる。

「ほんで――なんか、あの、ぶわーって、着物がこっちに覆い被さってくるように見えたんです」

言葉にするとなんだかあんまり怖くない。それで茉奈はすこし気が軽くなった。

「気のせいかも。うん。風かなんかで飛んできたんかな」

茉奈は笑ったが、八尋は笑わず、難しい顔をしている。笑い飛ばしてほしかったのに、と思う。

八尋はちらと『先輩』のほうを見やる。

「……若い女の子は近づけんほうがええと思うわ」

『先輩』はそう言った。やはり物憂げな声音だった。気怠そうでもある。

「ここ、若い女の子も下宿しとるんですけど」

「拝み屋の宿と違うんか。弥生さんにそう聞いてたけど」

「そうですけど、いや、そもそも僕は拝み屋とはちょっと違うんですけど、ともかく女の子はいます。とりあえず先輩の家に置いとけへんのですか」

「うちにも女の子がおんねん。それにこんなん置いといたら着物好きの妹が興味持つさかい、あかんわ。幽霊が憑いとる着物なんかめずらしないけど、こんなたちの悪いのはあかん」

「そんなんを押しつけんといてくださいよ」

「餅は餅屋で、君のほうが適任やろ」

ふたりの会話に耳を傾けていた茉奈は、『幽霊』という言葉に反応した。幽霊が憑いている。たちの悪い。

――あたしが見たのは、幽霊ってこと？

ぞわっ、と鳥肌が立った。ちょうどそのとき玄関の戸が勢いよく開く音がして、茉奈は「ひゃっ」と跳びあがった。

「あっ、茉奈ちゃん！」

息を切らした澪と波鳥が玄関に飛び込んできて、茉奈を見つけて声をあげた。走ってきたのだろうか、汗だくで、顔も赤い。

「もう来てたんだ、ごめんね。うっかりお菓子を買い忘れてて」

茉奈は頭から幽霊のことが吹き飛んだ。澪と波鳥のもとへ駆けよる。

「お菓子なんてええのに。北海道みやげかてあるし。暑かったやろ」

暑かった、と澪は笑いながらかぶっていた帽子をとり、顔をあおぐ。波鳥もおなじようにしていた。麦茶入れるね、と靴を脱いであがった澪は、そこでようやく八尋たちに意識が向いたようだった。

「あ……、麻生田さん、お客様ですか」

こんにちは、と澪は頭をさげる。『先輩』も軽く会釈を返した。

「ほな、よろしく頼むわ」

彼は八尋に告げて、さっさと玄関に向かう。八尋はなにか言いかけたが、あきらめたようにため息をついて、そのうしろ姿を見送っていた。

北海道みやげのチョコレートと、澪には誕生日プレゼントに動物園で買ったシロクマのぬいぐるみを、波鳥にはペンギンのぬいぐるみを渡して、ふたりの喜ぶさまに茉奈は満足した。日暮れ時までしゃべり倒して、うしろ髪引かれる思いで帰るころには、怖い思いをしたことなどすっかり忘れ去っていた。あの着物は茉奈のものでもなんでもないし、拝み屋の八尋が引き受けた仕事なのだから、自分には関係ない。そう思っていたのだ。

だから帰り際（ぎわ）、八尋に呼びとめられて「なんかまた怖いことあったら、遠慮なく連絡してな」と心配そうに言われたときには、むしろ忘れていたことを思い出してしまって、ちょっといやな心地（ここち）がした。

八月も末になっても、うだるような暑さはつづいている。日が暮れればいくぶんましになってきているが、それまでは相変わらずの蒸し暑さだ。夕陽（ゆうひ）の名残（なごり）と宵（よい）の薄闇（うすやみ）が半分ずつあるような空を眺（なが）めながらバスに揺られて、茉奈は家に帰った。

「ただいまあ」

帰宅すると、リビングの扉を開ければ真っ先に飛びついてくるはずの飼い犬——六歳のウェルシュ・コーギー・ペンブロークだ——が、不思議とダイニングテーブルの下に逃げ込んだまま出てこない。雷（かみなり）が鳴るといつも逃げ込む場所である。

「どうしたん、小麦（こむぎ）？」

犬の名を呼んでもちっとも出てこようとはせず、それどころか「ウウッ」と上目（うわめ）

遣いに威嚇される始末だ。

「小麦、機嫌悪いな」

アイランドキッチンで作業している母に言うと、

「ええ？　そんなことないやろ」

なあ小麦、と呼びかけると、小麦は母のもとへと飛んでいった。おやつでももらえると思ったのだろう。

小学生の弟妹たちはリビングのローテーブルで夏休みの宿題に追われていた。茉奈も小学生のころはそうだったので、懐かしい気持ちになりつつ手を洗いに洗面所に向かう。手を洗い、正面の鏡を何の気なしに見た茉奈は、ぎくりとする。視界の端に、紫の色が一瞬、見えた気がしたからだ。ふり向いても、背後にはただ壁があるだけで、紫色のものはなにもない。

——見間違い。

なにもないのになにを見間違えたのかわからないが、そう思うしかなかった。

洗面所を出てリビングに戻る。宿題をしている弟のうしろ、ソファに腰をおろすと、弟がふり返った。

「お姉ちゃん、お客さんは？」

「え？」

「もう帰らはったん？」

意味がわからず、茉奈は答えを求めるように妹のほうを見る。妹は大きな目をぱちぱちさせて、「さっきお姉ちゃんが帰ってきたとき、一緒やったひと」と言った。

「紫の着物、着てはった」と弟がつけたす。

「……いや誰もつれてきてへんよ？　あたしひとり」

「ふうん」

弟妹はさして関心がないのか、それきりまたうつむいて宿題をやりはじめた。

――いやいや……。

茉奈はふたりを問いただしたくなるのをこらえた。問いただして具体的に知るほうが怖い。ふたりの勘違いだ。だいたい、ずっと下を向いて宿題をしていたではないか。からかっているのかもしれない。

――でも、『紫の着物』と言った。

茉奈はクッションをぎゅっと抱きしめた。

「ちょっと茉奈、またバッグ床に置きっぱなしやないの。ちゃんと部屋に持っていき」

はあい、と返事をして、茉奈はのろのろと立ちあがる。ショルダーバッグの紐(ひも)をつかんでリビングを出た。茉奈の部屋は二階だ。廊下から階段にあがろうとして、茉奈は固まった。

紫色の着物が階段の手前に落ちている。ぐしゃりとわだかまった状態で。赤い裏地がちらちらと紫と菊の柄(がら)のあいまに覗(のぞ)いていた。血のようだった。

このとき茉奈は、この着物から逃げなければ、と本能的に思った。同時に、ここに着物を残してはおけない、とも思った。家族がいるからだ。

一瞬ののち、茉奈は動いた。着物をひっつかんで、玄関に走る。キッチンにいる母に聞こえるように、「忘れ物したから、とりに行ってくる！」と声を張りあげて、返事も聞かぬ間に玄関を飛び出した。

茉奈から電話がかかってきたとき、澪は居間で波鳥や八尋とともにいた。

——忘れ物でもしたのかな。

そう思いつつ、電話に出る。

「もしもし、どうしたの？」

茉奈はなんの前置きもなく、

「着物！　出た！」

と叫んだ。

澪は「へ？」と間の抜けた声が出たが、横から八尋が携帯電話を奪いとり、「茉奈ちゃん、そっちに着物があるんか？」と訊いた。

「そう！　です！」茉奈は走りながら電話をかけているのか、息があがって、雑音もする。

「いま……、バス停に、向かってるとこで、着物持って」

「そっちに向かうわ。動かんと待っとって。電話はこのままで。――澪ちゃん」

電話を戻される。「いまおる場所、訊きながらついてきて。波鳥ちゃん、悪いけど留守番しとってくれるか」

「えっ、あっ、はい」波鳥はうろたえながらもうなずいた。

八尋の運転する車で茉奈のもとへ向かう。茉奈の家は鹿ケ谷、法然院の近くである。茉奈はいま哲学の道沿いの弥勒橋あたりにいると言うので、そこで待っているよう伝えた。

道すがら、八尋は着物について話した。

「あの着物はな、船場のさる旧家にあったのを、ほかの骨董品と一緒に先輩が——ほら、こないだ口丹波のお祓いの依頼を回してきた野々宮先輩な、あのひと骨董商やねん。ほんで買い取った品のなかにあの着物があって。なんでも明治時代も後半のころの代物らしいけど。いわくつきやねんな」

「いわくつき……」

「その旧家のご令嬢が嫁入りするてときに、嫁入り道具のひとつとして誂えたものなんやけど、縫いあがったのを見てみたら、なんでか左前に仕立ててあった」

左前。死装束である。

「上前と下前では柄行きが違うやろ。逆にしたら柄がちゃんと出えへんからすぐわかる。なんでそんな仕立てになったのかは謎、仕立てたのは令嬢の腹違いの姉やったそうやけど、その直後に失踪したそうや。令嬢は嫁入り前に庭の池で溺死。入水なんか事故なんかはようわからん。令嬢の部屋の衣桁にはその着物がかかっとった。——な？　いわくがありすぎるやろ。どこまでほんまか知らんけど。昔の話やし、盛られとるかもしれん」

「でも、その着物がおかしい、というのはほんとうなんですよね。現に……」

「そやな。現に、茉奈ちゃんについてっとる。その家では、嫁入り前の娘にはあの着物は見せたらあかん、て言い伝えがあったみたいや」

「もっと早くに処分すればよかったのに」

「寺に供養を頼んでも簞笥に戻っとるし、燃やそうとしたら火が体に燃え移って大惨事、て具合やったらしい」

「……そんなの、処分できるんですか？」

「方法はないこともない。たぶんこれでいけるんちゃうかな、て手段は思いついとる」

どんな方法ですか、と訊こうとしたとき、八尋は車の速度を落とし、コインパーキングに入った。

「ここからは歩いてこ。いや、走ってこ」

車を降りて哲学の道に向かい、茉奈の姿をさがす。このあたりにいるはずなのだが。

「おった、あそこや」

八尋が前方を指さす。橋のたもとに座り込んでいる茉奈がいた。澪たちに気づいて、ぱっと立ちあがる。

「澪ちゃん！」

茉奈は駆けよった澪に抱きついた。

「怪我(けが)してない？」

「してへん、してへん。来てくれてよかったあ、ありがとう」

「着物って？」

ああこれ、と茉奈は足もとを指さす。地面にショルダーバッグが置いてあり、その上に着物が畳(たた)まれていた。

「ちゃんと畳んで、えらいな」

八尋が着物を手にとる。怖い思いをしたにもかかわらずきちんと畳んで地べたにも置かずにいたあたりが、茉奈ちゃんらしいな、と澪は思った。

「パパッと畳んだだけですけど……こうして見るとただのきれいな着物やのになあ」

「怖い思いさせて、ごめんな。僕(ぼく)のミスやわ」

茉奈がどこか残念そうに言う。

「もう大丈夫なんですか？　またついてきたりしいひん？」

「このまま寺に持ってくわ。住職にまだ連絡ついてへんのやけど、まあええやろ。茉奈ちゃんとこには行かんようにするから」

　過去に寺で供養してもらおうとしてもダメだったのでは……と澪は思ったが、茉奈を不安にさせるわけにもいかないので黙っていた。

　茉奈を家まで送り届け、澪と八尋はそのまま、八尋が懇意にしているという寺に向かうことにした。

「あの子はこういうもんを引き寄せるタイプなんかなあ」

　運転しながら八尋は言った。「なんか前にもあったやろ」

「そうですね」

　澪が邪霊を引き寄せるように、茉奈はいわくつきの代物に気に入られる体質なのだろうか。

「茉奈ちゃん、やさしいし、幽霊とかに対しても拒否反応がないっていうか……絶対無理！　って感じじゃないから、でしょうか」

「どやろなあ。なんにせよ、着物を置いて逃げてくるんやのうて、持って逃げてくるていうのは、勇気あるなあと思うわ」

「ほんとうに」澪はうなずいて、膝にのせた着物を眺めた。

「これ、どうするつもりなんですか？　お寺の供養も燃やすのも、できないんですよね？」

「ほんまやったら、亡くなった令嬢に着せて荼毘に付すのがいちばんよかったんやろうけどなあ。死装束として作られてるんやから。そうしたらその着物も役目を終えて灰になってたと思うわ」

「でも、そうはならなかったから……」

「死装束でないようにせなあかんな」

「え？」

どういうことだろう、と澪は八尋を見たが、八尋は前を向いたまま、ちょっと笑っただけだった。

人里離れた山中にある寺に着いたころには、もうすっかり暗くなっていた。住職は今日行われた告別式の役僧を務めたそうで不在だったが、まもなく帰ってくるという。澪と八尋は本堂で待たせてもらうことにした。そのあいだに、八尋に手伝いを命じられる。

「この着物、ほどくで」

住職の奥さんから裁縫箱を借りてきた八尋は、澪に糸切り鋏を手渡した。

「ほど——えっ？」

「仕立て直すわけちゃうし、丁寧にせんでええから。バーッとやってこ」

澪は鋏と着物を見比べる。どこからどう鋏を入れればいいのかさえわからない。

「衿のとこからほどいてこか」と言われるがまま、八尋の手もとを見てやりかたを真似て、澪は糸を切っていった。

「袷やからたいへんやな。単衣やと楽なんやけど」

糸を切り、引っ張り抜いて、また糸を切る。そのくり返しである。返し縫いでがっちりと縫われているところは苦労するが、八尋の言うように仕立て直すわけではないので、生地が裂けてもしかたないと割り切ることにしてほどいてゆく。

間近で見て、触れているとわかる。表地も裏地も、とても上質なものだ。表地はしぼの粗い縮緬で、上品な紫を背景にいろんな種類の菊が友禅染めで描かれている。裏地の紅絹もあざやかで、吸い込まれそうな赤だ。表地も裏地も、澪がふだん目にしないたぐいの生地と色合いだった。紫だの赤だのといっても現代のものとはまるで違うこの色合いは、どうやって出しているのだろう。無意識のうちに紅絹を撫でていた澪は、つと手をとめた。

「どないした？」

「いえ、ちょっと……なにか」

澪は指先で生地をさぐる。表地と裏地のあいだに小さなごみでも入っているのか、指先がひっかかる。糸を切って、生地をふってみた。ぱらぱら、と細かなごみが畳の上に落ちてくる。そのひとつをつまんだ澪は、まじまじと見て、「ひっ」と小さな悲鳴をあげた。あわてて手をふり、つまんだものを落とす。

八尋は畳に覆い被さるようにして、落ちたそれらを眺めた。ごく細い三日月のような形の、白くて小さなそれら。

「これは……爪やな」

言って、八尋は顔をしかめた。「どれだけあるんやろ」

――まさか、着物のあいだにぎっしり入っているのだろうか。

ぞわりと鳥肌が立つ。

澪は着物をいったん畳に置いて、うしろに身をずらした。膝にのせて作業するのがためらわれる。あんなに美しいと思った着物が、どす黒い、じっとりとした執念を宿しているように思われた。

八尋は畳に落ちた爪を集めて、ほどいた生地の上に置いた。

「あいだに入っとるもんは、ここに集めとこ」

「……はい」

澪は指先がぞわぞわしてもう着物に触れたくなかったが、そうも言ってられない。ふたたびほどきはじめた。

結果的に、入っていた爪はこんもりと山を作るほどであった。

「女の爪やなあ」

八尋がぼそっと言う。「薄くてきれいな爪や」

澪は黙りこくったまま、爪から目をそらした。照明に白々と照らし出されたそれらは、打ち捨てられた骨のようでもあり、水面に落ちた月光のようでもあった。いや、月光というには生々しい情を宿していた。

帰宅した住職に、八尋は着物だった布地と爪を一緒に焚きあげてもらうよう頼んだ。それらはあっけないほどあっさりと燃え尽きた。

「どうして今回はちゃんと燃やせたんですか？」

くれなゐ荘への帰路、澪は八尋に訊いた。

「死装束ではなくなったからやろな」

「着物をほどいたことで？」

そう、と八尋はうなずく。

「あれは死装束の役目を与えられた着物やったから、『中身』を求めとったわけや。当初、あれを贈られた令嬢のような若い女の子を。そういう呪いとして機能しとったから」

呪い、と澪はつぶやく。

「左前に仕立てることと、切った爪のせいで？」

「そやな。そうとう恨みのこもった呪詛やろ。あんなもんは、やられた側よりは、やった側がまともではおられへんたぐいの呪詛やな。まあ、やるもんやない。どうせやるなら、恋のおまじないでもしのばせた着物でも仕立てたらよかったのに」

諦観のにじむ疲れた口調で言い、八尋は小さく息をついた。

「こないだのあれ、虎ノ尾の産屋に経帷子を埋めとったのがあったやろ。あれでちょっと、思いついたんや。今回の祓いかた」

「虎ノ尾の……あっちも死装束でしたね」

「あれは、生を死に変換する呪詛やったやろ。せやから、逆にしてみたんや」

「逆、ですか」

「死を生に。ほどいてしまえば、それは仕立てる前の状態とおなじやから。ゼロに戻ったわけや」

――死を生に。逆さまに変換する呪術。

似たような言葉を、最近耳にしなかっただろうか。澪は記憶をさぐる。たしか、虎ノ尾の一件のときに。

波鳥ちゃんだ、と思い出す。

――呪いじゃなく、おまじないが必要……。

そんなふうなことを言っていた。

澪は、己のなかでなにかがカチリと、はまったような気がした。

「変換する……」

さまざまな記憶が頭のなかで行き交い、混じり合い、めまぐるしく働く。高良（たから）の顔が思い浮かぶ。彼の言ったこと。漣の言ったこと。八尋の言ったこと——。

「冬至（とうじ）」

ぽつりと、言葉が口からこぼれでた。勝手に出てきた。

「ん？」八尋が首をかしげる。「なんか言うた？」

「——麻生田さん、わたし、わかったような気がするんです」

「え？　なにが？」

「高良を救う方法」

夜道を車のヘッドライトが照らしている。月明かりみたいだ、と澪はその光を見つめていた。

本書は、書き下ろし作品です。

著者紹介
白川紺子（しらかわ　こうこ）
1982年、三重県生まれ。同志社大学文学部卒業。雑誌「Cobalt」短編小説新人賞に入選の後、2012年度ロマン大賞を受賞。
著書に、「後宮の烏」「京都くれなゐ荘奇譚」「下鴨アンティーク」「契約結婚はじめました。」「花菱夫妻の退魔帖」シリーズのほか、『海神の娘』『三日月邸花図鑑』『九重家献立暦』『朱華姫の御召人』などがある。

PHP文芸文庫　京都くれなゐ荘奇譚㈣
呪いは朱夏（しゅか）に恋う

2023年12月21日　第1版第1刷

著　者　白川紺子
発行者　永田貴之
発行所　株式会社PHP研究所
東京本部　〒135-8137 江東区豊洲5-6-52
文化事業部　☎03-3520-9620（編集）
普及部　☎03-3520-9630（販売）
京都本部　〒601-8411 京都市南区西九条北ノ内町11
PHP INTERFACE　https://www.php.co.jp/
組　版　朝日メディアインターナショナル株式会社
印刷所　株式会社光邦
製本所　株式会社大進堂

ISBN978-4-569-90367-5